ソバニイルヨ

喜多川泰

幻冬舎

「ただいま」

リビングに入ってきた幸一郎《こういちろう》の声を聞いて、テレビをつけっぱなしにしたままソファでうたた寝をしていた真由美《まゆみ》は目を覚ました。

時計を見ると十一時半をゆうに過ぎていて、もうすぐ日付が変わろうとしている。

「今日も遅かったね」

そう言ってから、目の前のガラステーブルの上に置いてあるワインを飲み干した。

真由美はテレビを消すと、音もなく立ち上がり台所へと向かった。酔うほど飲んだつもりはないが、疲れているせいかアルコールの回りがいつもよりも早いように思う。

作っておいた夕食をレンジに入れて、食卓の準備を始めた。幸一郎は、いつものように、真由美の顔だけ見ると、リビングから廊下へと逆戻りしシャワーを浴びに浴室へと向かった。

幸一郎は「ゆっくりする」という時間の使い方を知らない。

シャワーにしても浴室に入ったと思ったら五分とたたずに出てくる。

そうやって、一分一秒を削り出して、時間さえあれば、自分の部屋に籠《こ》もり何かの読み物をしているか、自宅マンションから歩いて数分の町工場の中に借りた、自らの「研究所」に足を運んで何やらものづくりに励む。そんな毎日だ。とにかくじっとしていない。

とはいえ、時間を切り詰めたようなそんな生き方に息苦しさを感じていないところを見ると、それが幸一郎にとっては、心地よい生活リズムなのだろう。

幸一郎がバスタオルで頭を拭きながら、リビングに再び顔を出したときには、遅い夕食の準備が整っていた。

「今日は飲む？」

冷蔵庫の扉を開けながら、真由美が聞いた。

「ああ、もらおうかな」

幸一郎はテーブルにつきながら、真由美に笑顔を向けた。

真由美は、自分の分も合わせて缶ビールを二本、冷蔵庫から取り出すと、テーブルの向かいに座って、幸一郎にビールを差し出した。

「ありがとう」

幸一郎とほぼ同時に真由美もプルタブを引いて開けると、幸一郎がグラスに注いでいる間に、真由美の方は缶のまま一口飲んだ。

眉間《みけん》にしわが寄っている。

「どうしたの、恐い顔して」

幸一郎は、声をかけた。

「今日、大変なことがあったの」

真由美がそうやって語り始めるのは、いつものことだ。

その言葉通りに考えると、真由美の毎日は大変なことで埋まっている。

一日の終わりに、真由美の話を聞いてやるのは、結婚して十五年間変わらない幸一郎の役目となっている。

真由美の心の中には器があるようだ。そこに日々、ストレスをため込んでいく。

器の中に収まり切るほどの量なら大丈夫だが、一旦器からあふれ出ると、自分でもどうしていいかわからないほどパニックに陥ったり、自暴自棄になったりと、何かと過剰な反応をとってしまう。だから、上手にその器を空《から》にしてやる必要があることを、幸一郎も知っている。

真由美にとって、その器を空にする一番の方法が「幸一郎に話す」ことだった。

「何があったの？」

幸一郎は、真由美が話しやすいように合いの手を入れる。

「隼人《はやと》が学校から帰ってこなかったのよ」

どうやら、幸一郎の予想通り、悩みの中心は、中一の息子隼人についてらしい。ここ最近、真由美にとって大変なことはほとんど隼人が持ち帰ってくる。

「え？　今いないの？」

幸一郎は隼人の部屋の方を指さした。真由美は首を横に振った。

「違うの。今日から期末試験で午前中で終わりだったのよ。だからと思ってお昼ご飯を作って待ってたのに……結局、何時に帰ってきたと思う？」

「さあ、五時……とか？」

「七時よ。七時。明日もテストがあるのに、勉強もしないで友達とサッカーやってたらしいの。お昼は？　って聞いたら友達とマックで食べてきたっていうし、夕飯を出しても半分も食べないでほとんど残してるの。どうやら帰ってくる直前にも、友達とコンビニで飲み食いしたらしいのね。ちょっとはこっちの身にもなって、事前に連絡入れるとか、考えて欲しいんだけど……って話をしたんだけど。まったく聞いてくれないのよ」

「そうか……」

「そんな感じでテレビ見ながらご飯食べて、ようやく立ち上がったから勉強するのかと思ったら今度はお風呂。そしたらそれが長風呂で、いつまでたっても出てこないの。こっちは、明日のテスト勉強はいつやるのかしらってイライラするじゃない。でも、それを言うとまた反発して余計やらなくなるし、できるだけ我慢しようと思ってヤキモキしてたの。でも、あまりにも遅いから、何やってんのかと思って脱衣所に行ってみたら、驚いちゃった。何してたと思う？」

「さあ？」

「眉毛をカットして揃《そろ》えてるの」

「ホオ……」

「別に、そういう年頃になったからには見た目に気を遣うのは悪いことじゃないのかもしれないけど、何もテスト期間中の今やることじゃないじゃない。私、もう我慢の限界と思って、『明日の勉強しないでいいの？』って言ったの。そしたら、『もうやったから大丈夫』だって。私呆《あき》れちゃって、『ちょっとでもいい点とるために頑張りなよ』って言ったんだけど『今更やっても変わらないよ』って言うし……まったく聞く耳持たずって感じなの。

　小学生の頃はそんなことなかったのに……。

　中学生になってできた新しい友達のせいにはしたくないんだけど、最近性格が変わっちゃったのよね。どう言えばわかってくれるかを考えて言葉を探してたら、『もう寝る』って、さっさと寝ちゃったのよ」

　確かに最近の隼人は言動の変化が激しくて、親がついていけていない。幸一郎も父親として何か話をしなければならないのだろうが、忙しい毎日を送っていることもあり、まだ何も話してはいない。そんな中、このあと真由美に話をしなければならないことを思うと、幸一郎は気がひけた。

「でも、おかしいと思わない？　お小遣いだって月に三千円しかあげてないのに、そんなに頻繁にマックでお金を使ったり、コンビニでお菓子を買ったりできるなんて」

　真由美は幸一郎を見つめた。

「何でかわかる？」

とでも言いたげな表情で幸一郎のことを見据えている。

「どっかから、盗《と》ってるの？」

真由美は、口を一文字に結んだまま、ゆっくりうなずいた。

「旅行用に余った小銭を入れていってる貯金箱あるでしょ。あの中を見てみたの。そしたら、やっぱり……」

「減ってるのか？」

真由美は先ほどよりも厳しい表情を作って、もう一度ゆっくりとうなずいた。

「明らかに、五百円玉の数が減ってるのよ。さっき、確認したばっかりだからまだ隼人には問い詰めてないんだけど。……どうしたらいいと思う？」

「う〜ん」

幸一郎はあごをさすりながらテーブル上の一点を見つめた。幸一郎が考えごとをするときの癖だ。

「僕にちょっと考えがあるから、問いただすのは待ってくれないか」

真由美は肩をすくめて、ため息を一つついた。

「まあ……あなたがそう言うなら、そのままにするけど」

「それより、僕も真由美に一つ話があるんだよ」

「何？」

真由美は不安げな表情を幸一郎に向けた。幸一郎が「話がある」と切り出したときに真由美が反射的に「悪い話」ととらえるのはいつものことだ。

「実は、人工知能の共同開発をしている会社からの要請で、アメリカに行かなきゃいけないんだよ」

「アメリカ？　いつ？」

「行くのは夏だから、あと一ヶ月ほど後なんだけど、問題なのは期間で……申し訳ないけど、三ヶ月ほど向こうに滞在することになりそうなんだ」

真由美の表情は一気に曇った。

声にならないため息を一つ漏らすと、喉を鳴らしながらビールを飲んでいった。

それは、真由美が自分の中で覚悟を決めようとしている時間だった。仕事の関係のことだ、真由美が嫌だと言っても仕方がないことくらいはわかっている。

真由美は勢いよくビールの缶をテーブルに置いた。中身が少なくなった缶が高い音を立てた。

真由美は無理矢理笑顔を作って幸一郎に向けた。

「三ヶ月ね。わかった。家のことは心配しないで」

強がりを言っているのはわかる。でも、心置きなく仕事に送り出したいという真由美の精一杯の強がりは、いつも幸一郎の心に、申し訳なさと、やる気の両方をもたらしてくれる。

「ありがとう……」

幸一郎は小さな声でそうつぶやいて、グラスに注いだビールを一口飲んだ。

ソバニイルヨ

UG起動

隼人は着替えを終えると、部室を出た。

外には同じサッカー部の一年、綿谷典明《わたやのりあき》が待っていて、三年の先輩、戸田文宏《とだふみひろ》と話をしている。戸田先輩と典明は幼なじみで、小さい頃からよく遊んだ仲らしい。物心ついたときから「のりくん」「ふみくん」と呼び合っていた仲が、中学入学と同時に「綿谷」「戸田先輩」に変わるのは、お互いどんな気持ちがするのだろう。

「築山《つきやま》、お前も一緒に行くか？」

戸田先輩から話しかけられた隼人は、表情を明るくした。

「どこにですか？」

「マック。野口《のぐち》は行くって」

戸田先輩は、少し離れた後方にいる野口将士《まさし》を親指で指し示した。

「すいません。俺、金がないっす」

隼人は、残念そうな顔を作って言った。隼人は隣の典明の方を見た。

典明も隼人の方を見ていて、二人は目が合った。

「金なら心配すんな。そこで俺の先輩と会うことになってるんだけど、その先輩がお前の分もおごってくれるから」

三年の戸田の先輩ということは高校生だろうか。

年上の人たちの世界には興味があるが、恐さの方が大きい。それでも、できるだけ平静を装って言った。

「でも、全然知らない俺がいきなり行って、おごってもらうのも申し訳ないんで、やめときます」

とっさに出てきた言葉としては我ながらよく言えた方だと思う。

戸田の目線が典明に向けられた。

「お前は？」

と聞いているのだろう。

「僕もやめときます。今日は塾があるんで……」

典明も断った。

戸田は、

「そうか」

とだけ言って、別の下級生に声をかけるべく自転車置き場の方に向かって行った。

戸田の背中を、二人で並んで見届けてから、隼人が言った。

「戸田先輩がどうして部室に来てるんだ？」

三年生の大会は先週終わって、これからは一、二年生だけのチームになるはずだった。

「さあ。舎弟を探してるんじゃないの？」

「舎弟？」

典明は、肩をすくめた。

「ふうん。……それより、典明って塾行ってたっけ？」

典明が苦い顔をした。

「この前のテストの結果がボロボロだったから、親に無理矢理入れられたんだよ。夏期講習。最悪だよ。せっかくの夏休みも毎日塾だよ」

「ハハハ、だっせー。でもそれって夏休みからだろ」

「その塾の入塾テストが全然できなくってさ。夏期講習に来てもこれじゃあ授業がちんぷんかんぷんで、授業料の無駄になるから、夏休みに入る前に、これまでの内容を補習するって言われて……今日行かなきゃいけないんだよ」

「いいじゃん。サボって遊びに行こうぜ」

隼人は典明を誘った。

典明は、一瞬誘いに乗りたそうな明るい顔をしたが、それを飲み込んで首を横に振った。

「何だよ。真面目かよ。つきあい悪いぞ、典明」

典明はもう一度、強く首を横に振った。

「ダメだよ。塾の先生と約束したし。あとで親から怒られるのも面倒だから……諦めて、これから行ってくるよ」

隼人は遊び相手を得られず、小さく舌打ちした。

「最悪だな。かわいそうに」

隼人は、もう一押し誘ってみようと思ったが、やめておいた。典明は案外意志が固いのを知っている。

「隼人だって、僕と同じくらいひどい点数だったのに、そういう話にならなかったの？」

隼人は誇らしげに胸を張った。

「次は頑張るから！　で押し切った」

「何それ」

「何を言われても、『次こそ頑張るから』しか言わなかったってことだよ。そしたら、母さんが、『じゃあ、次も悪い点だったら、塾に行くのよ』って折れた。でも次もそれで押し切る。俺の大事な夏休みを夏期講習なんかに邪魔されてたまるかってんだよ」

隼人は高笑いをした。

「いいなぁ……僕は夏休みに入った瞬間から、毎日塾だよ……。だいたい、こっちの希望も聞かないで塾に入れるなんて親の暴挙だよな……はあ」

典明は意気消沈といった感じで、魂まで吐き出してしまいそうなため息を一つついた。

隼人は典明と別れると、すぐにスマホを取り出して、ＬＩＮＥにメッセージを入れた。

「典明、撃沈！」

それに対して、同じサッカー部のグループメンバーから、次々とメッセージが寄せられる。

「マジか」

「ざまぁ」

というものから、

「いいなぁ、行かないでいい奴は」

というものまで反応は様々だ。

隼人は、

「典明は真面目くんだから」

という書き込みを入れて、たくさんの「(笑)」を獲得した。

メッセージのやりとりをしていると、あっという間に自宅に着く。

隼人の自宅は、マンションの三階で間取りは3LDK。廊下に面している玄関横の窓は隼人の部屋の窓だ。防犯用のアルミ格子の向こうの窓は磨《す》りガラスなので、中の様子は見えないのだが、窓の近くに置いてあるものは影がうっすらと見える。

「ん?」

と隼人が一瞬、その窓に目を奪われたのはカーテンが閉まっていたからだった。

小学校に上がるときに、ねだって生地を買ってまで作ってもらった部屋のカーテンは、当時好きだった子ども向けアニメのキャラクターがたくさんプリントされているものだが、中学生になった今ではそれらが恥ずかしくなり、前を通る人に見られないように、いつもカーテンを開けてある。今日も確か開けて出たはずだ。

「何で勝手に閉めるんだよ……」

母の真由美の仕業《しわざ》だと決めつけて、鞄《かばん》から鍵を取り出すと扉を開けて中に入った。

靴を脱ぐと、いつものように玄関わきの自分の部屋の扉の前に、スマホ以外のすべての荷物を投げ出したまま、廊下をまっすぐ行った突き当たりのリビングに向かった。

扉を開ける。真由美も仕事に行っている時間帯なので、もちろん誰もいない。すぐ左のキッチンに入り、半ば習慣化したように冷蔵庫を開けた。

隼人が好きそうな気の利いたジュースはなく、あるのは麦茶だけだった。隼人は思わず舌打ちした。

が、その直後、昨夜のケーキの残りを見つけた。

それを見て、今日から始まるいつもとは違う毎日のことを思い出した。

「そうだ、今日から父さんがいないんだった」

何でも仕事で、アメリカに行くことになっていて、三ヶ月ほど日本には帰れないらしい。これまでも出張で数日帰らないことはあったが三ヶ月というのはなかった。だからだろう、母の真由美の提案で、気をつけて行ってらっしゃいという意味も込めて、家族三人で「壮行会」を行った。何のことはない、普通の夕食のあとにケーキを食べただけだ。

隼人の心には、特に何の感情も湧き起こらなかった。

もともと、家に父親なんていてもいなくても、隼人の毎日に、それほど大きな影響はない。

むしろアメリカにでも行ってくれた方がありがたい。

何しろ隼人にとって幸一郎は、

「あんな父親にはなりたくない」

という象徴だった。

ここ数年の隼人のもっぱらの悩みは、

「どうして、うちの父さんは変人なんだ」

というものだった。息子として、あんな父親がいるのが恥ずかしくて、嫌でたまらない。

他の友人たちのように「普通の父親」の家に生まれたかった。

隼人にとっての「普通」というのは、一緒にサッカーの練習やキャッチボールをしてくれる、そんな父親のことだ。家族でキャンプやバーベキューをしたり、そうでなければ、年に一度でもいいから、テーマパークや遊園地に連れて行ってくれたり、家族で旅行に行ったり……そういったことをしてくれる父親のことだ。

友達の家に生まれたら、毎週末に経験できそうなこれらのことを、隼人は一つも経験したことがない。もちろん毎週なんて贅沢《ぜいたく》を言うつもりはない。でも、ただの一度も経験したことがないのだ。すべては、幸一郎がそういったことにまったく興味を持っていないことが原因だ。

隼人は外で身体《からだ》を動かすことにしか興味がないが、幸一郎は外で身体を動かすということにまったく興味がないのだ。

暇さえあれば、自分の部屋に籠もって文献を読んだり、何やら難しい専門書を読んだり、はたまた、パソコンで誰かとメールのやりとりをしたりしている。ヒョロッとした体格に色白で縁なしの丸眼鏡。髪には緩い天然パーマがかかっていて、白衣を着ていたら、……実際に着ていることがあるのだが……誰がどう見ても「博士」というあだ名をつけるであろう。

実際に子どもの頃のあだ名が「博士」だったらしく、本人はそれを嬉しそうに話すことがこれまでにも何度かあった。

バリバリの理系。研究熱心。仕事はＩＴ関係で、どうやら人工知能の研究をしているらしいが、詳しいことは隼人にはわからない。ただ、子どもの頃からみんなが外で野球をしているときに、漫画や小説の世界に入り込んで「ロボットが活躍する未来」のことを想像するのが好きだったらしい。まさに、今の隼人とは正反対の子ども時代だったと言える。

それでも以前は幸一郎が「他の父親と違う」ということに対して、悪いイメージなんてなかった。むしろ、その「他の父親と違う」ということが誇らしいことだった時期もある。

幸一郎が、自宅マンションの近くの、町工場の一角を間借りして「研究所」なるものを始めたのは、隼人が小学校三年生になったときだったが、

「研究所を作るのが子どもの頃からの夢だったんだ」

とその入り口を感慨深げに見上げる父親の顔を、下から眺めた風景は今でも目に焼き付いている。

そのとき心に湧いてきた感情がまさに誇らしさだった。

幸一郎は隼人の視線に気づくと、隼人と同じ目線の高さになるようにしゃがみ込み、隼人の

両肩を力強くつかんで、笑顔で何かを話してくれた。

何を話したのかは、昔のことなのでよく覚えていないが、その一連のシーンだけは妙に脳裏《のうり》に焼き付いていて今でも覚えている。

ところが、それから二年ほどたったある日、ある一人のクラスメイトが、それまで隼人が考えてもみなかったことを言った。

「お前の父ちゃん、変人だな」

そいつの近所では有名なんだそうだ。

自分の父親が、子どもの頃からの夢を叶えて「研究所」を作り、休みの日にはそこに入り浸って文字通り「研究」を続けているという事実は、当時の隼人にとっては、誇らしいことでしかなかったのだが、考えたこともなかった「変人」という言葉に、どう反応していいかわからず、思わずカッとなった。

隼人のその様子を面白がるように、

「変人、変人、変人」

と囃《はや》したてる奴が二人、三人と群がってきた。

「変人の子どもだから、お前も変人だ」

「隼人じゃなく変人《へんと》にしろよ」

「変人だから世界征服のためのロボットでも作っててんじゃないのか」

調子に乗ったクラスメイトたちの言葉はエスカレートする一方で、隼人は怒りに震えて、そうやって囃したてる奴らを、走って追いかけ回した。

彼らは嬉々《きき》として、突如始まった鬼ごっこに没頭し、逃げながら隼人をからかうことをやめなかった。

そのうち、隼人は悔しくて涙が出てきた。

泣いたという噂《うわさ》が広がることで、よりからかわれる材料を奴らに提供することになるのはわかっていたのだが、自分でもその感情をどうすることもできずに、悔しさから流れてくる涙を止めることができなかった。

そのときから、自分の父親のやっていることを、呪うようになった。

「父さんが、研究所なんて変なことを始めなければ……こんなことにはならなかったのに」

クラスメイトが偶然見つけた面白い遊びを簡単に手放すはずもなく、隼人に対するからかいは、その後、しばらく続いた。からかわれている側の隼人に「そうそう、変人で〜す」と笑い飛ばす余裕があればまた違った小学校生活になったのだろう。隼人のプライドはそれを許さず、イライラは日々募る一方だった。

数日後の夕食で、隼人は幸一郎に、

「研究所なんて変人がやることだからやめて欲しい」

と訴えた。言葉にするだけで声が震えて泣きそうになった。

幸一郎は、

「父さんが悪いことをしているんじゃなくて、そうやって人のことをバカにする奴らの方が悪いことをしていると思わないか？　やめるべきは、父さんの研究所じゃなくて、その友人たちの振る舞いの方だろ」

と隼人を諭すばかりでとりあってもらえなかった。

幸一郎の言っていることはもっともで、理屈は通っているのだが、隼人にとって大切なのは理屈ではなく、バカにされなくなることだ。隼人の怒りの矛先は、完全にその原因を生んでいる幸一郎の方に向かうことになった。

「だいたい、父さんが普通じゃないからこんなことになるんだ！」

心の中でそう何度も叫びながら、自分の部屋に籠もって何度目になるかわからない悔し涙で枕をぬらした。

そのときから、隼人は、自分の父親を……というよりはこんな父親の子どもとして生まれてきた自分の境遇をといった方がいいかもしれないが……呪うようになった。

それから二年。

クラスメイトからのからかいや、「変人」扱いは時間の経過とともに収まり、いつの間にかなくなっていったが、隼人の中にあるそのときの悔しさは、薄れるどころか日増しに強くなる一方で、そのトラウマから、必要以上に「普通」であることに執着するようになった。

中学に入ってからも、自分の父親のことはできる限り人に話さないで、隼人自身、「みんながやっていること」に敏感な人間になっていった。みんなが持っているものを欲しがり、みんなが見ているテレビ番組を見て、みんながはまっている音楽を聴いた。スマホのゲームもみんながやっているものをやり、クラスの中でいわゆる「普通」のど真ん中にいられるように努力してきた二年間だったといえる。普通のど真ん中から少し外れるだけで、「変人」扱いされる可能性がある。そうなるのだけはもうゴメンだ。

一方の幸一郎は、自分のライフスタイルをあらためようとする様子はまるでない。むしろ、以前にも増して、空き時間のすべてを研究に費やしているようにすら見える。

とりわけ、ここ一ヶ月はひどかった。

「あまり時間がないから、会社を休んできた」

と言っては、研究所に泊まり込み、家に帰ってこないなんてことが何度も続いた。

隼人は、拍車がかかった幸一郎の「変人」具合に、舌打ちしたくなる気分を抱えながらも、完全にそれを無視することと、真逆の人間になろうとすることで、無言の抵抗を続けていた。

そんな父親が数ヶ月にわたって家からいなくなる。

もちろん一度ついてしまった「変人」というイメージは簡単になくなるものではないのかもしれないが、しばらく幸一郎が研究所に通う姿を誰にも見られないですむと考えるだけで、隼人の心は軽くなった。

ケーキというやつは、それほど一気にたくさん食べられるものじゃない。

残ったケーキを半分ほど食べたところで、

「もういいや」

と思った。

甘いケーキには麦茶がよく合った。甘い炭酸飲料じゃなくてよかったと内心思った。

ふと時計を見た。五時半。

母の真由美が帰ってくるまでにまだ少し時間がある。

録《と》りためてあるお笑いの番組を見ようと思い、ガラステーブルの上に並べて置いてあるリモコンを手にとって、電源を入れた。

異変にはすぐに気づいた。

本来なら、すぐに反応して電源ランプが光るはずなのに、テレビ台の中からDVDレコーダーがなくなっていた。

「あれ？　何でないの？」

隼人は思わず声に出して言った。

リモコンはあるのに、本体はどこにもない。

隼人は思わずキョロキョロと部屋の中を見回してみた。やはりどこにも見当たらない。

故障でもして、修理に出したのだろうか。そうだとしたら録画してあるはずの番組が消えてしまう。そう思うと、怒りが沸々《ふつふつ》と湧いてくる。とりわけ、今日見ようと思っていたお笑い番組は以前から楽しみにしていたもので、見ていなければ、明日の学校での話題に乗り遅れてしまう。

「きっと母さんのせいだ」

隼人にとって、何か思うようにいかないことがあるときは、だいたい幸一郎か真由美に原因があるという結論に落ち着く。

「なんだよもう！」

ぶつける対象のいない怒りに震えながら、リモコンの電源ボタンをもう一度押したとき、

「ピッ」

という電源音が小さくではあるがリビングではなく、廊下の奥から聞こえてきた。

「ん？」

その音に隼人は思わずふり返り、眉間にしわを寄せた。

「何で、あっちから音がしたんだ？」

そう思うが早いか立ち上がって、リビングを出て廊下の方に向かった。

廊下に出ると玄関までに部屋は二つしかない。右側が隼人の部屋で、左側が幸一郎の書斎だ。

どちらの扉も閉まっているが、人がいる気配はない。

ただ、隼人は自分の部屋のちょっとした異変を思い出した。

「そういえば、カーテン開けてたはずなのに閉まってたよな」

隼人は自分の部屋の扉のノブに手をかけた。

中から微《かす》かにファンが回るような音が聞こえるが、自分の部屋に換気扇はついていない。

隼人は直感的に、

「何かある」

と思った。

隼人の部屋のカーテンは遮光カーテンなので、窓からの光はほとんど中に入ってこない。ゆっくりと扉を開けると、暗くて部屋の中の様子はよくわからないが、角に置いてある学習机の横に、何か大きな物体があるのだけはすぐにわかった。

その物体から、ファンの音がしているのも確かだ。

薄暗い部屋の中で、不気味に鎮座するその物体の正体を理解するには、隼人には時間が必要だった。

見た目は「ロボット」……というよりは「ロボット」と言って欲しいのだろう。

ただ、そのクオリティは「ひどい」の一言で、どう見ても幼稚園児が段ボールや生活廃材で、みんなで力を合わせて作ったような「張りぼてロボット」にしか見えなかった。

「何これ……」

隼人には悪い冗談としか思えなかった。

隼人は部屋の電気をつけた。

浮かび上がってきたその「工作物」は、見た目がハッキリすることで、より一層、醜さというか、センスのなさが増した。

両足を前に伸ばす格好で座っているその「置物」は、顔がサッカーボールでできている。

五角形の部分を二つ使って、目に見立てたカメラが二つ、口に見立てた五角形の部分にはスピーカーが、両サイドには耳らしきマイクもついている。

頭の上にヘルメットのように載っているのは、使い古した銅鍋だ。

胴体は直方体の箱状になっており、よく見ると、隼人が子どもの頃に遊んでいた、プラスチック製の室内用ジャングルジムのフレームに、前後左右、そして天板となる上面すべてにアルミ板が貼り付けられており、前面にはｉＰａｄのようなタブレットが貼り付けられている。フレームとアルミ板の隙間からは、ゴチャゴチャした配線やたくさんの基盤が見える。中に人が入るスペースはなさそうだ。胴体の下には、そのロボットの腰のつもりだろうか、先ほどリビングで見つからなかったＤＶＤレコーダーがある。これは胴体とくっついているのか、それとも、ＤＶＤレコーダーの上に胴体を載せてあるだけなのか、とにかく何ともお粗末な見た目だ。

初めて見る異質なものに対しては、大抵の子どもは興味を示すはずなのだが、何より、隼人の心を冷めさせたのは、胴体から左右に伸びた両手と、ＤＶＤレコーダーの下から前に二本伸びた足が、排水管でよく使う、塩化ビニル製のグレーの太いパイプでできていた点だ。管の型番だろう、円柱状の腕や足に縦に一筋、黒い文字で数字やアルファベットとＪＩＳマークが印字されているのもそのままに使っている。

足下は、昔から家にあった収納用の小さい木箱が使われていて、隼人が幼い頃にしたと思われる落書きがそのまま残されている。

その大きな置き土産が、誰の仕業かということは、一目瞭然だった。

「チッ」

隼人は思わず舌打ちをした。こんな変なものを作るのは、父の幸一郎しかいない。

それこそ、隼人が幼稚園児なら、

「わあい、ロボットだ！　ロボットだ！　パパがロボットを作ってくれた！」

と言ってはしゃぎ回るのかもしれないが、中学生の隼人が、こんなガラクタを寄せ集めた、ロボットもどきで喜ぶとでも思ったのだろうか。あまりにも自分のことを子ども扱いしているように思えて、腹が立った。

隼人の部屋はベッドと学習机にイス、本棚とタンスといった最低限必要な家具だけで、狭く感じるほどの広さしかないのに、幸一郎が残していったと思われる、この工作物は結構大きくて、かなりの圧迫感がある。

ただでさえ狭い隼人の部屋は、幸一郎の置き土産のせいで、更に狭くなった。

隼人は、それを部屋の外に引きずり出そうと思い、近づいて持ち上げようとしたが、重たくて隼人の力ではピクリとも動かない。

「邪魔だなぁ、もう」

「何だよ！」

隼人は何度目になるかわからない舌打ちをして、両手を腰に当てて、その「ロボット」を睨《にら》みつけた。

ロボットは相変わらず、腰に見立てたＤＶＤレコーダーの電源ランプがついていて、ファンの音を響かせている。

音の出所が気になって、背面をのぞき込んでみると背中の部分にファンがついていて、回っているのがわかった。ＤＶＤレコーダーの背面からは何本かのコードが胴体の中に延びていて、何かと繋《つな》がっているようだが、電源ケーブルも同じように胴体の中に延びていて、ロボット本体から、部屋のコンセントに繋がっている様子はない。

電源をどこかのコンセントからとっている訳でもないのに、電源が入っているということは、中に電池が入っているのだろうか。隼人は電池ボックスのようなものを探してみたが、それらしいものは見つからなかった。

隼人は、迷惑な置物をどうすることもできず、ただ睨みつけるように全身を隈無《くまな》く見た。見れば見るほど、かっこ悪いを通り越して、気持ち悪い。

観察しながら、隼人は誕生日にｉＰａｄが欲しいと、幸一郎に言ったことがあるのを思い出した。

幸一郎が、そのことを覚えていて買っておいたものを、単純に渡すのは面白くないと、こんなガラクタを集めて、小さい子どもしか喜ばないようなロボットの形状にしたのだろうか。とは言え、中学生になってスマホを買ってもらった隼人にしてみれば、今更ｉＰａｄをもらってもそれほど嬉しさはない。もともと、ｉＰａｄが欲しいと言い出したのも、本当はｉＰｈｏｎｅが欲しいと言いたかったのだが、小学生のうちからスマホはダメだと、真由美に何度も釘《くぎ》を刺されたからでしかない。

「サプライズのつもりかもしれないけど、まったく嬉しくないんだよ。こんな面倒なことしないでいいから、ｉＰａｄだけ『はい』って渡してくれればいいのに」

隼人は、そう愚痴を言いながら、胴体に手を伸ばした。

iPadを引きはがそうとしたときに、画面に手が触れた。次の瞬間、ディスプレイが明るくなってメッセージが浮かび上がった。


「AI UGを起動しますか?」


メッセージの下には「Yes」「No」と書かれたアイコンが表示されている。

隼人は思わず手を引っ込めた。

「AI UG?」

「Yes」に触れたときに何が起こるかわからず、自分の部屋に置いてあるものなのに勝手にさわったことが恐くなり、とりあえず「No」を押した。

画面は再びブラックアウトした。

隼人は、腕組みをしてもう一度その置物を眺めた。

「この部屋に置いてあるってことは、俺にプレゼントするってことだよな」

そう、自分に言い聞かせ直して、恐る恐る、もう一度、画面に触れた。

再び
「AI UGを起動しますか?」

というメッセージが表示された。

隼人は、そのメッセージを無視して、iPadを胴体から引きはがそうとした。必要なのは、このタブレットだけで、胴体やら頭に見立てたサッカーボールやらにくっついている状態だと、使い道がない。

両面テープか何かでくっつけているだけだと思っていたiPadはどんなに力を込めて引っ張っても、剝《は》がれる気配すらなかった。

「どうやってとめてんだよ、まったく」

隼人はイライラしながら、何度も引きはがそうとした。

そのたびに
「ビーッ！　ビーッ！」

という大音量の警告音が鳴って、画面には何度も先ほどと同じメッセージが表示された。

隼人は、その音に耐えられなくなり、表示されている「Yes」の文字に触れた。

すると
「しばらくお待ちください」

の文字とともに画面の中央で光が時計回りに回り、その下に表示されているバーが左から順にゲージがたまるように色が変わり始めた。

隼人は、iPadを胴体から引きはがすのを諦めて、メッセージに従順に起動されるのをしばらく待った。

バーの横にある数字が0％から始まり、徐々に増える。やがて99％となりしばらく待つと、画面が再びブラックアウトした。

「あれ？……何だよ。消えちゃうの？」

画面上にいろいろなアイコンが表示されることを予想していた隼人は、何も表示されなくなった黒い画面を何度もさわってみたが、今度は何の反応もなかった。

「壊れてんのか？　これ」

そう言って、胴体の横を強く平手で叩《たた》いた瞬間、

「ウィーン」

という機械音とともに、両目に見立てた、カメラのレンズが動いたような気がした。

「うわ！」

隼人は驚いて、思わず後ろに飛び退《すさ》った。

今度は、隼人の動きに合わせて、首から上が動いて、サッカーボールが、いや、顔がこちらを向いた。

「動いた！」

隼人は、声を上げた。張りぼてだと信じて疑わなかったそのロボットは、本物のロボットのように首から上が動いて隼人の方を向いた。

隼人は、恐る恐る部屋の中を後ずさりしてから、ロボットの視界から消えるように、ゆっくりと窓際の方に横移動してみた。

隼人の動きに合わせて

「ウィーン」

という音をさせながら、首から上が、隼人の姿を追ってくるのがわかる。

やがて首が動くモーター音に、別のモーター音が重なったかと思うと、ＤＶＤレコーダーと胴体を繋いでいる部分も回転し始めた。

「何だよ、こいつ」

隼人は気味が悪くなり、思わず声が震えた。

「ボクハ、ユージー」

「わっ！　しゃべった」

隼人は腰を抜かすような形で、後ろに倒れ込み、ベッドの上に尻餅をついた。

「ユージ……？」

何が起こっているかわからず、思わず、目の前のロボットが名乗った名前を繰り返した。

「ソウ。ヨロシク、ハヤト」

隼人は、ベッドの上を後ずさりして壁際まで下がり、枕を抱えて得体の知れないロボットを見つめて身構えた。

隼人が下がると、目の部分のカメラのレンズがピントを合わせるように回っているのがわかる。

「何だよ。お前！」

「……ユージー」

ユージはそう答えたあと、黙り込むように静かになった。部屋の中はロボットの冷却用に回り続けているファンの音だけが微かに響いている。

「……どうして俺の名前を知ってるんだよ?」

「ボクハ、キミニアウタメニ、ウマレタカラ」

「なんで、俺に会う必要があるの?」

「……アイヲ……ツタエル……タメ」

「愛?」

隼人は眉をひそめて、ユージの胸についているiPadの上にある「AI UG」と書かれた立体のロゴマークを見た。

「AI」の部分は「愛」とも読める。

「UG」はこのロボットが「ユージ」という名前だということを表しているのだろう。

隼人はユージを見つめて、続きを待ったが、ユージがそれ以上自分から話し出しそうな気配はなかった。

「どうせ、父さんが作ったんだろ?」

隼人は吐き捨てるように言った。

「……ワカリマセン」

ロボットが自分を作った人を知らないのは仕方がないのだろう。だって、どうやら今電源が入ったばかりなのは間違いなさそうだから。

「起動して最初に見た人を『主人』と思うようにでも設定されていたのか」

と思ってから、思い直した。

「だとしたら、最初から俺の名前を知っているのはおかしい……」

やはり自分のことは最初から認識するようにインプットされていたということだろう。

いずれにしても、幸一郎の置き土産以外に考えようがない。

「いいよ。君がわからなくても、俺にはわかるもん。君は俺の父さんが作ったんだ」

「……ソウナノ？」

「ガクッ！」

隼人は学校の仲間内だけで流行《はや》っている、コケる仕草を大袈裟《おおげさ》にしてみせた。

どうやら見た目だけでなく、中身もどうしようもないほど無知なポンコツのようだ。

最近、携帯電話会社が売り出したロボットは、近未来的で曲線が美しく、万人受けする見た目に、爽やかな声、誰もが好きになるような愛くるしい動きと表情が特徴で、インターネットで世界と繋がっていて、どんな質問にも検索結果を表示してくれる。

それどころか今の時代、スマホですら、音声を認識して、質問をしたら、何でも答えてくれるのに、目の前のロボットは、今のところ隼人がした質問に対して、「ワカリマセン」と「ソウナノ？」しか答えてくれない。しかもその声は、子どもの頃、扇風機の前で「ワレワレハウチュウジンダ」と言ったときに聞こえたような割れた音で、その安っぽさといったらない。父親の幸一郎が自分の研究所で一人で作ったものだから、技術的に仕方がないのかもしれないが……それにしても、ひどいもんだ。

隼人はさげすむような目で、ユージを見た。

「はあ……まあ、いいよ。じゃあユージは何ができるの？」

隼人は、ため息交じりにバカにするように言った。

「………」

ユージは何も答えず、隼人のことを見つめるようにして止まっている。

隼人は、ちょっと身構えた。

「何だよ……何ができるかって聞いただけじゃないか」

次の瞬間、ユージは先ほど以上に大きなモーター音を響かせながら、両手を付け根から動かし始めた。一度にいろんな部分が動いていることが複雑に重なり合った機械音からわかる。

「おおっ」

首と胴が動くだけだと思っていた隼人は、驚きの声を上げてユージを見つめた。

どんな動きを見せるのか、予想がつかないだけに内心恐くなり、枕を抱きしめたまま、すぐ逃げられるように腰を浮かした。

ユージは両手を前に出した形で上体を前に傾けると、床に両手をついて、今度は膝を変な方向に旋回するように折りたたんだ。

「足まで……」

動くとは思っていなかった隼人はいちいち驚き、人間の関節とは違う方向に動く膝や肘を、気持ち悪いものを見るような目で、ちょっとのけ反りながら見つめていた。

隼人の顔は、未知のものに対する恐怖で、引きつっている。

ユージは関節を折り曲げながら、足の裏を床につけると、人間の動きとは違うやり方でバランスをとりながら立ち上がった。

立ち上がると、座っているとき以上に圧迫感がある。身長も百四十センチくらいはあった。

ユージは隼人を見つめるように直立すると、足を前に出し、一歩、二歩と歩いてみせてから立ち止まった。後ずさりする場所をとっくになくしていた隼人は恐怖で固まったまま、目だけはユージを見据えていた。

直立不動のまま、隼人の真正面で止まったユージと、そのユージを見据えるように固まっている隼人。

そういう状態のまま数秒たったときに、

「ガチャン、プシュー」

という音をさせながら、ユージが、崩れるように片膝をくの字に曲げた。

あまりの驚きに声が出ず、その場でビクッとなった。

一瞬の出来事で何が起こったのか、隼人にはわからなかったが、ユージの口に見立てたスピーカーから聞こえたのは、

「ガクッゥ」

という言葉だった。

そのあとユージは、

「プシュー」

というエアが抜ける音なのか、入る音なのかわからない音と、モーター音を立てて、ゆっくりと先ほどの直立の姿勢に戻っている。

やがて、隼人は何が起こったのか、徐々にわかり始めた。

恐怖から解放された安堵《あんど》と一緒にやってくる、その紛らわしさを生んだユージに対する嫌悪感と、バカにされた怒りがない交ぜとなった感情が沸々と湧いてきた。隼人は枕をベッドに叩きつけると、走って部屋を飛び出した。

ユージがあの大きな機械音を響かせながら、あとを追いかけてくるんじゃないかと思って恐かったが、ユージは顔を動かして、隼人の姿を目で追うだけで、その場から動くことはなかった。

★

隼人は、何度もスマホを確認しながら、母の真由美からの連絡を待った。

その間、いつもやっているスマホのゲームをする気にもなれず、自分の部屋の方を、チラチラ見ては、ユージが部屋から出てこないかを気にしていた。

「どうやら出てくることはなさそうだ」

と少しだけ安心し始めた頃に、玄関の扉の鍵が開けられる音がした。

隼人は飛び上がるように、ソファから跳ね起きると、リビングを走り出て玄関に向かった。

「ただい……」

真由美の言葉を最後まで聞き終わらないうちに、隼人は真由美に駆け寄りながら言葉を発していた。

「母さん、変な奴がいるんだよ!」

「変な奴?」

隼人は真由美の手を引いて自分の部屋に連れて行こうとした。

「ちょっと待って」

靴すらしっかり脱いでいないまま、隼人に手を引かれた真由美は、バランスを崩して、片足でケンケンをしながら、もう片足のパンプスをかかとから剝ぎ取った。

「ちょっと……危ないから引っ張らないで」

そう言いながらも、真由美の顔は笑っていた。

一人で留守番をしていて心細くなったのだろうか。反抗的な態度をとることが多くなったとはいえまだまだ子どもっぽいところも残っていることが何だか嬉しい。

隼人の部屋の扉を開けると、先ほどと寸分変わらぬ部屋の中央に、ユージが直立不動のままこちらを向いていた。

真由美は

「ひゃっ」

と小さい悲鳴のような声を上げたが、恐がっているというよりも、かわいい猫を見たときのような驚きの声に近い。興味津々といった表情で、ユージを見つめながら、ゆっくりと部屋の中に入っていった。

「隼人の言った、変な奴ってこの子のこと？」

「こんな変なもの置いてくなんて、どうせ父さんの仕業だろ。気持ち悪いから何とかしてくれよ」

隼人は、真由美の陰に隠れるようにしながら、ユージをのぞき見た。

真由美は、隼人の言葉など聞こえていないように、ユージを頭のてっぺんから足の先までなめ回すように観察している。

「そうね。きっとこれはお父さんが作って置いていったのね」

独り言のように、そうつぶやきながら、興味津々といった表情でユージを見つめている真由美の様子を見ると、知らなかったのは確からしい。

真由美はユージに向かって声をかけた。

「こんにちは」

ユージの首が動いて、真由美の方を向いた。

「コンニチハ」

「うわ。しゃべるじゃない。それに、首が動いて私を見てるわ」

真由美は嬉しそうにはしゃいでいる。

「お名前は?」

「ボクハ、ユージー」

「そう、ユージっていう名前にしたのね」

真由美の表情は一層優しいものになった。

「よろしくユージ。私は真由美よ」

「コンニチハ、マユミ」

「うわぁ、すごい。ちゃんと会話ができるのね」

真由美はユージに感心している訳ではなく、それを作った幸一郎に感心しているようだ。

隼人は苦い顔をした。

「今時、携帯のSiriだって会話できるから……」

「そうだけど、これ……ユージ、動いたわよ」

「動くよ。動くだけじゃなくて歩いたり、立ったり座ったりするよ。だから、気味が悪いんじゃないか」

「へえ……」

真由美は、更に感心した様子で、目を輝かせながらユージを見つめた。

「ユージ、歩いてみて?」

ユージは、機械音を響かせながら、一歩、また一歩と足を動かし、狭い部屋の中を小さな円を描くように歩いてみせた。

「ロボットに直立二足歩行させる技術は簡単じゃないはずよ。それをここまで仕上げたのね……」

感慨深げにそう言った真由美を、隼人は睨むように見た。

「そうかもしれないけど、使ってる部品がセンスなさすぎだよ」

真由美は思わず吹き出した。

「確かに」

そのことが、どうしてそれほどおかしいのか隼人には理解できない。

「ユージ、もういいわ。止まって」

ユージは、真由美に指示された通りに止まった。

「ここが、あなたの居場所なのかしら」

「ボクハ、ハヤトニ　アイヲ　ツタエル　タメニ　ウマレタ」

「そうなのね」

真由美は嬉しそうにうなずいた。

「どうやらユージはお父さんがあなたのために作り出した『お友達』のようね」

「友達？」

隼人は大声で嫌悪感を示した。

「嫌だよ。こんなかっこ悪いガラクタでできたロボットが友達なんて。もともとみんなから、うちは変人の家族だって噂されてるんだよ。その家の中で、こんな気持ち悪いロボットまでいるってバレたら、最悪だよ。もう、本当に、父さんはろくなことしないんだよ、いつも。俺が周りから笑われることしかしないんだ」

「あら、結構かわいいじゃない。絵心のないお父さんにしてはよく頑張った方だと思うわよ」

隼人はユージに近づき、正面からだけでなく、背面や側面などを見るために、ユージの周りを回り始めた。

「何やってるの？」

「こんなの邪魔だから、電源を切って父さんの部屋に放り込んどくんだ」

真由美はその様子を眺めていたが、隼人が徐々にイライラしている様子が伝わってくる。

「ユージ、お前のスイッチはどこだ？」

「スイッチ　ナイ」

「スイッチがない？　どういうこと？」

隼人は声を荒らげた。

「ボクノ　デンゲンハ　キレマセン」

「もう、勘弁してくれよ。母さん、どっかに捨ててきてよ」

隼人は泣き出しそうな顔をして、部屋から飛び出すと、後ろ手に扉を思いっきり閉めた。

「バタン」

という大きな音がして扉が閉まると、隼人の部屋には静寂が訪れた。

ユージは扉の方を見つめたまま固まっている。

真由美はユージを見つめた。

幸一郎は、この一ヶ月間、会社もできる限り休んで、研究所に籠もりきりで、何かを作っていた。今、目の前にあるロボットがその答えというわけだ。

多感な時期の隼人を、真由美一人に任せたまま数ヶ月単身赴任する訳にはいかないと、必死で作ったに違いない。

「僕にちょっと考えがある」

その「考え」というのが、目の前の「ユージ」ということだろう。

例えば車を一台世に生み出すにしても、すべてを熟知したエキスパートが、一人で開発するなんてことはない。たくさんの細分化された各部門にそれぞれエキスパートがいて……例えばエンジンのエキスパートは、ライトのことはわからないし、ライトのエキスパートはブレーキのことはわからない……といった形で、ようやく一台の車が生み出される。

ロボットなども、そういった作り方で作られるものの典型だろう。一人の天才の力で作られるものではないはずだ。でも、目の前の「ユージ」は人工知能のエキスパートである幸一郎が、ロボット工学については独学でできることを精一杯やったという感があり、そのつたない作りこそが、幸一郎の思いの結晶のような気がして、真由美にとっては愛おしくさえ思える。

ユージに何ができるのか、どんなロボットなのかさっぱりわからないが、幸一郎のやろうとしていることを信じるしかない。

真由美はユージに話しかけた。

「ユージ、隼人とちょっと話してくるから、この部屋で待っててくれる？」

「ワカリマシタ」

ユージは、理解したらしく、学習机の横に移動して、両足を前に投げ出すような姿勢で床に座り込んだ。

「いい子ね」

真由美はそう言って、ユージの肩に触れると、隼人の部屋を出て、リビングに向かった。

★

隼人はリビングの三人掛けのソファに倒れ込むような姿勢で横になったまま、クッションを抱きしめて背中をこちらに向けていた。

真由美は、その背中を一瞥《いちべつ》すると、キッチンへと入っていき、

「ご飯の準備するね」

と隼人の背中に声をかけた。

隼人は、急に立ち上がり、顔を赤くしながら、やり場のない怒りを真由美にぶつけてきた。

「父さんはひどいよ。ＤＶＤレコーダーをあんなガラクタの部品に使うなんて。今日見ようと思っていたお笑いの番組が見られないじゃないか」

真由美は手を動かしながら、それに答えた。

「見ようと思っていた番組が見られなくなったのは残念だけど、それよりも、自分の部屋に人工知能搭載のロボットがいるってすごいことじゃない」

隼人は首を振った。

「嫌だ。絶対嫌だ。あんなロボット嫌いだ。俺の大事な、お笑いの番組を消した父さんも嫌いだ。許さない！　絶対に許さない」

隼人は、感情の高ぶりを抑えることができずに、自分の発した言葉で徐々に興奮していき、しまいには涙を流し始めた。

「それに、サッカーボールだって、俺のボールを勝手に使ってるんだよ。あんな風にロボットの頭として使ったら、もうサッカーできないじゃないか！」

隼人はしゃくり上げるように泣き始めると、再びソファに倒れ込んで背中を向けた。

真由美は料理をする手を止めて、リビングに出てくると隼人が横たわっているソファのそばまで来て腰を下ろした。

「ボールは最近使わなくなった古い方でしょ。新しいのがあるんだからいいじゃない」

「嫌だ！　絶対に嫌だ」

「あなたの気持ちはわかるけど、それより考えなければならないのは、あの子を、ユージをどうするかよ」

「知らないよ。どっかに捨ててきてよ」

「そういう訳にはいかないわ。もう人工知能に電源が入って会話を始めたのよ。捨てることなんてできないわ。もはや、家族のようなものよ」

「そんなの、頼んだ覚えはないよ。見た目もかっこ悪いし、どうせなら、もっと性能のいいロボットにしろよ」

「ユージは見た目はあんな感じだけど、性能は凄《すご》そうよ」

「そんなのウソだ」

「本当よ。今、世の中にあるロボットは、あらかじめ入力してあることができるだけだけど、ユージはそうじゃないでしょ。カメラを通して見えるものとか、人間の言葉に反応して自分の考えを言ってるみたい。そんな『人間』みたいなロボット、この世にある？　でも、どうやらあの子は、それをしているみたいよ」

「そんなの、どうだっていいよ。俺は、あんな気持ち悪いモノはいらない」

真由美は、大きく一つ息をついて隼人の肩に手を触れた。

「隼人、あなたの気持ちはわかったわ。でも、一つお母さんの昔話を聞いて」

隼人は、無言のまま背を向けていた。

しゃくり上げる背中はだいぶ落ち着いてきた。

「あなたには、弟がいたって話をしたことはあった？」

隼人は、予想していなかった突然の告白に、思わずふり返った。

「やっぱり、していなかったみたいね。あなたが一歳の頃の話よ。お母さんのお腹の中には、赤ちゃんがいたの。あなたの弟になるはずだった」

「生まれなかったの？」

真由美は笑顔のままうなずいた。

「残念ながら……。お母さんもお父さんも、本当に悲しかった。でも、私たちにはあなたがいる。生まれることができなかった子の分も隼人に愛情を注いであげよう。そう話し合ったの。『由志《ゆうじ》』というのは、お父さんがそのときに生まれてくる子につけようと思っていた名前なの」

「ユージという名前の弟……？」

真由美は再度うなずいて、隼人の部屋を見るようにふり返った。

「あそこにいるロボットは、自分のことを『ユージー』と名乗ったわ。お父さんは、あなたの弟のつもりで、彼を生み出したんじゃないかしら」

「そんな……頼んでもいない弟が、ある日突然自分の部屋にやってきても迷惑なだけだよ」

隼人のトーンは先ほどよりだいぶ落ち着いてきた。

「そうね。そうかも。でもお母さんにはどうしても、もうユージのことを『モノ』だなんて思えないのよ。どういうシステムかはまったくわからないけど、会話ができて、何かを考えてるようにしか見えないわ。本当の人間の子どもみたいにね。それに、彼は言ったわ、隼人にアイを『伝える』ために生まれてきたって」

「そんなこと言われたって、頼んでもないのに……どうすりゃいいのさ」

隼人はまた泣き出しそうになった。真由美は首を振った。

「お母さんにもわからない。でも、お父さんが帰ってくるまで、ユージも家族の一員として過ごすしかなさそうよ。普通のロボットなら必要ないときに電源を切っておけばいいんだろうけど、ユージはそれができないでしょ。だったら私たちができることは一つしかないと思うの」

「面倒見るってこと?」

隼人は面倒くさそうに言った。

「ときにはそうね。でも、基本は家族として一緒に過ごすということよ」

「いつまで動くの」

真由美は肩をすくめた。

「それも、お母さんにはわからないわ」

しばらく話を進めるうちに、隼人はようやく渋々ではあるが、納得した。というよりも、諦めた。電源を切ることができない以上、捨てる訳にもいかず、一緒に生活するという選択肢以外ない。

それから隼人は、いつもより遅い夕食をとり、いつものようにゆっくりと風呂に浸《つ》かり、寝る準備を整えて再び自分の部屋に戻った。二十二時を過ぎている。

扉を開けると学習机の横に座っていたユージが、顔だけを隼人の方に向けた。

隼人は何かを言おうとしたが、特に言葉も浮かばなかったので、ユージのことを横目でチラッと見て、その前を通り過ぎ、机の前に行った。自分の部屋に得体の知れないロボットがいるというのは落ち着かないものだ。

ユージは、隼人の動きに合わせて首を動かしたが、他に動く気配はなかった。

「ナニシテルノ?」

ユージの質問に、隼人は面倒くさそうに、できるだけ短く答えた。

「明日の学校の準備」

「ガッコウ……」

ユージは独り言のようにそう言うと、ハードディスクが回転するようなモーター音を響かせたまま固まった。声や見えるものから情報を収集して、それをインターネットで検索する能力があるのだろうか。「学校」を検索して、それが何物なのかを学んでいるようにも見える。

「ユージーモ　ガッコウ　イク?」

「行かない!　ユージは家でお留守番」

「ワカッタ」

隼人は、肩をすくめて頭を振った。

苛立《いらだ》ちを隠そうともせず、教科書を鞄の中に投げるように入れていった。

MAYUMI　20XX/07/14　23:32
宛先:k_tsukiyama@XXXXXX
件名:ユージーって何?

幸ちゃん

今はまだ、機内かな?
今日からしばらく隼人と二人の生活が始まると思って
ちょっと緊張しながら、覚悟して仕事から帰ってきたらビックリしたよ。
ロボットがいるなんて、教えてくれてないんだもん。

幸ちゃんが、ここ最近作っていたのは「ユージ」だったんだね。

幸ちゃんは、隼人のどんな反応を期待してたかな?
残念ながら隼人は、気に入らなかったみたいで、どこかに捨ててきてくれとか言って、もう大変。
完全にへそを曲げています。

まったく聞く耳を持ってくれなかったので、いい機会だったし「由志」の話をしたよ。

そうしたら渋々、家族として受け入れるしかないということはわかってくれたけど
……先が思いやられます。

でも、まだ始まったばかり。
こんなところで弱気になるわけにはいきません。

そもそも、ユージは何をすることができるのかわからなかったから
なんて答えてあげていいかわからなかったんだけど
とにかくあなたが作ってくれた「ユージ」を信じて
しばらく様子を見ようと思っています。

こっちは何とかやります。
お仕事頑張ってね。

真由美

嘘つきは家庭教師のはじまり

「隼人、今日はなんか機嫌悪いね。何かあったの」

授業が終わり、部活へと向かう廊下で典明が聞いた。

ユージのことは、誰かに少しでも漏らした時点で「変人」扱いされてしまうのは目に見えている。心の中では、あのロボットのことばかりが気になって仕方がないのだが、誰に相談することもできなかった。

「昨日、家に帰ったらＤＶＤレコーダーが壊れててさ。最悪だよ。今日みんなが話してたお笑いのネタ大会だって見られなかったから、話についていけなかったし、録りためてあるドラマも、全部ダメになっちゃったよ」

「それ、頭に来るよね。僕も昨日は塾で大変だったよ。七時から行って、帰ったの十時だよ」

「ふぁ〜、三時間も！」

隼人は、大袈裟に天を仰いでみせた。

「なんか熱い先生でさ、わかるまで徹底的に教えてやるとか言って、張り切ってんだよね。あんな毎日が続くのかと思うと、ちょっとうんざりだよ」

そこへ、後ろから二人に飛びつきながらぶつかってくる奴がいた。

野口将士だった。

「よお！　お前らなんで昨日来なかったんだよ」

将士は、昨日三年の戸田先輩に誘われて、遊びに行ったはずだった。

「ぐっちゃん、行ったの？」

将士は「ぐっちゃん」と呼ばれている。「のぐっちゃん」の「の」がいつの間にかなくなってそうなった。

「おう。戸田先輩の先輩、藤田《ふじた》さんっていうんだけど、スゲー優しくて、何でもおごってくれたぜ。最初はマックに行って、そのあとビリヤードやったんだよ。お前ら、ビリヤードってやったことある？　俺初めてやったんだけど、ハマっちゃったよ。今日も誘われてんだよ。部活終わったら、お前らも行こーぜ？」

典明は、首を振った。

「行きたいけど、僕、無理だわ」

「何でだよ」

「今日も塾があるから……」

典明はうつむいた。

「そんなのサボっちゃえばいいじゃん」

「そういう訳にはいかないよ」

「問題ねえよ。電話してさ、腹が痛いから休みますって言えばいいだけじゃん」

典明は少し考えるようにして、眉をひそめた。

「いやいや、ダメダメ。無理だよ」

「典明、お前案外臆病者だな。ビビってんじゃねえよ」

将士はバカにするように言ったが、典明の表情は変わらなかった。

「相手が誰でも、先にしている約束を破る奴にはなりたくないだけだよ」

将士は、典明の表情に固い意志を読み取ったのか、典明を誘うのを諦めた。

「隼人は？」

「俺？　俺は……」

「隼人は行くだろ？」

将士は、何となく「行かないなんて男らしくない」とでも言いたげな、挑戦的な表情を隼人に向けた。

「それとも、怒られるのが恐くて逃げるとか？　普通来るだろ、これだけ誘われたら……」

隼人は、「普通」という言葉に反応した。

「……帰りがそんなに遅くなければ行けるかな」

「大丈夫だよ。帰りたい時間に途中で帰ればいいんだし。俺が戸田先輩に言っといてやるよ」

「ああ、じゃあ行こうかな」

隼人は、一瞬、母親に何を言われるかと考えたが、それほど遅くならなければ大丈夫だろう。

以前、八時半頃まで友達の家で遊んで帰ったことがあるが、そのときも、特に怒られはしなかった。

途中で電話さえしておけば問題ないはずだ。

将士の誘いは面白そうだとも思わなかったが、家に帰るよりはマシだ。何しろ、家には「あいつ」が待っている。

隼人はまだ、突然やってきた「ユージ」と、どう接していいのかわからない。

それは「不安」という感情だろうが、隼人の中では、それが「不満」となり、さらには「怒り」に変わっている。

「俺が帰りたくないのは、あいつのせいだ。帰りが遅くなって、母さんに怒られたとしても、それは、俺のせいじゃない。あいつが、そしてあんなものを作った父さんが悪いんだ」

心の中で、そう繰り返して自分の決断を正当化していった。

★

ビリヤード場の外に出て、自転車にまたがった瞬間に、ポケットに入れてあったスマホが「ブルブル」と震えるのを感じた。

素早く取り出し画面を見た隼人は、胃のあたりが締め付けられるような感覚に陥った。

真由美から不在着信が八件も入っていたからだ。

途中で電話を入れようとも思ったが、

「ちょっと電話してきます」

と言って中座できる雰囲気ではなかった。それに、遊びに来ているビリヤード場から電話して、あからさまに母親に嘘《うそ》を言うのも気がひける。

ビリヤード場の壁に掛かった時計が八時三十分をさした頃、もう帰ろうと思って先輩たちに伝えたが、将士が、もう一ゲームだけつきあってくれと言って聞かなかった。

母親が心配しているだろうとも思ったが、心配なら電話がかかってくるだろうと高をくくっていたので、一ゲームだけつきあうことにした。

その一ゲームが思いの外《ほか》長くなった。今はもう九時二十分だ。

おまけに、真由美から電話がなかったのは、地下のビリヤード場に、電波が入らなかったからのようだ。実際には、真由美が帰宅した七時あたりから何度も電話がかかっていた。

直感的に

「やばい」

と思ったが、留守電を聞いたり、電話で連絡したりするよりも先に、まずは家に帰ることにした。隼人は自転車を飛ばした。急げば十分くらいで到着する。

その十分の間に、どうしてこんな時間になったのか、どこで何をしていたかを聞かれたときの、言い訳をしっかりと考えておかなければいけない。何となくは決めてあるが、細かいところまでストーリーを練り上げる必要がある。

隼人は勢いよくペダルを漕《こ》ぎ出した。


「ただいま」

小さい声でつぶやきながら玄関の扉を開けると、廊下の突き当たりの扉が開いて、真由美がリビングから飛び出してきた。

「こんな時間までどこに行ってたの？　何度携帯に電話しても繋がらないし」

「ん？　塾……」

「塾？……どういうことよ」

「同じクラスの典明に『うちの塾いいから来てみないか』って誘われてさ、ほら、この前の試験もダメだったから、ちょっと話だけでも聞いてみようかなと思ってついていったら、その場で、授業も受けていけって話になって、結局最後まで受けてきた」

隼人は真由美と目を合わせることができず、冷蔵庫から麦茶を取り出しながら話した。

「電話に気づかなかったのは、授業中は電源を切っていなきゃいけなかったから……」

「それにしても、どうして先に連絡くれないの？」

「しようと思ったけど、行ったら、すぐ授業受けてけってなって、そんな余裕なかった」

「それ、どこの塾？」

「ん？……なんで？」

「だって、お邪魔したんであれば、お礼を言わなきゃいけないでしょ」

「いやいや。それはやめて」

「どうして?」

「うーん、授業を受けたんだけど、あまり気に入らなかったというか、雰囲気が嫌だったというか、勧誘とかもきつそうだったから連絡先もしつこく聞かれたんだけど、親と相談しますって言って逃げ帰ってきたんだよね。そこに母さんが電話したら、勧誘されちゃうから……」

真由美は腕組みをしながら、隼人のことを見据えていた。

隼人は、自分では上手に話しているつもりだったが、真由美の目は、

「本当のことを言いなさい」

と言っているように思えて、真由美の目を見返す勇気がどうしても持てなかった。

隼人はしばらくの沈黙の後、

「連絡しないでごめんなさい」

と小さな声で言った。

真由美は、大きく一つ息をつくと、

「次から同じように、塾の体験に行くときには、先にお母さんに連絡してからにしてちょうだい」

と言って、隼人を見つめた。隼人は神妙な顔をしてうなずいた。上目遣いに、真由美の顔を見上げると、悲しそうな顔をしているように見えた。

「わかった」

そう言うと、

「ふぅ……とりあえずセーフだ」

と心の中で安堵しながらそそくさと自分の部屋に逃げ込んだ。

何とかこの場を切り抜けることばかりを考えていたので、すっかり忘れていたが、部屋に入った瞬間に、目に飛び込んできた景色に思わず、

「わっ」

と声を出して驚いてから、昨日からずっと同じ場所で座っているユージの存在を思い出した。

隼人は、ユージの言葉には応えず、ユージの前を通り過ぎてベッドにダイブして横になった。

「オカエリナサイ」

ユージは隼人を目で追うように、首を動かしたが、隼人から返事がないので、止まったままじっと隼人の方を見つめていた。

隼人はユージのことを気にもとめずに、スマホを取り出し友達とＬＩＮＥでやりとりを始めた。

トークに上がっているのは、誰がむかつくとか、あいつが生意気だとか、そういうものから、宿題の答えの教え合いまで様々だ。

一通り、メッセージをチェックして、返信を終えると、隼人はガバッと起き上がり、ベッドの上に座ってユージの方に向き直った。

「さっきからずっとこっちばっかり見てるけど、他にすることないの？」

ユージは少し首をかしげるような仕草をした。

「それにさぁ、俺がちょっと動くたびに、少しずつ首とか胴を動かすでしょ。あのとき出る『ウィン、ウィン』って音とか、ずっと鳴ってる背中のファンの音って止められないの？　うるさいんだけど」

「ユージー、イエデオルスバンシテタ。オト、トメラレナイ」

「ああもう」

隼人は頭をかきむしった。

「わかった。じゃあ、ユージ。リビングに行って、母さんの手伝いしてきてよ」

隼人は投げやりになって言った。

「ワカッタ」

ユージは、立ち上がり、歩き始めた。軟式のテニスボールでできた手は、中に骨になるような物が入っているらしく、その形状を器用に変えてドアノブをつかみ扉を開けた。

「ほう」

隼人は、ユージが案外素直に言うことを聞くということに驚いたが、部屋からいなくなったことで気分が晴れて、もう一度ベッドに横になってスマホをさわり始めた。

すぐに、リビングから真由美の声がした。

「ご飯、できたわよ」

隼人は、

「うん」

と一言だけ返事をしてから部屋から出た。呼ばれてからすぐに出たつもりだったが実際には十分ほどたっていた。

ユージはキッチンで、何やら真由美と話をしている。

隼人はそれを横目で見ながら、リビングに入り、ダイニングテーブルに着いた。すでに料理が並べられている。

「隼人、ユージすごいわよ」

真由美の声は、先ほど隼人が帰ってきたときのものとはまったく違う、驚きに満ちた明るいものに変わっていた。自分の部屋にいるときには邪魔で仕方がないが、今はユージのおかげで、ちょっとだけ救われた。このままユージの話題を続ければ、帰りが遅くなったことを、あれ以上は詮索されなくてすみそうだ。

「少しは役に立つじゃん」

隼人は心の中でつぶやいた。

「何が?」

とりあえず、今日どこにいたのかを蒸し返されるのだけは避けたかったので、真由美の話に隼人は乗っかった。

「私が冷蔵庫の中を見ながら、何ができるかしらねって、何となくユージに話しかけたら、冷蔵庫の中身を一通りチェックして、これこれ、こういう調味料があれば、できる料理は七十五種類、中でも一番人気があるのは○○だって教えてくれるのよ」

「え？」

　隼人は、少し驚いた。

「作ってみますか？　って聞くから、作ってみるって言ったの。そうしたら、全部指示してくれるのよ。まずタマネギを刻めとか、今、調味料を入れろとか。そんなことできるロボットがあるって信じられる？」

　真由美は、その性能に心から驚き、ちょっとした恐さすら感じていた。見た物から材料を判断して、そこからできる料理を提案する能力を持っている。それだけでなく、調味料を入れるタイミングまで、リアルタイムで指示してくれる。どうしたらそんなことができるのだろうか。映像の情報を解析して、それをネット上にある情報と比べて……と考えると、どうやっているのか、もうわからなくなる。システムはわからないけど、そんな複雑なことを可能にするロボットを幸一郎は作り出したということだ。

「へぇ……」

　隼人は感心するように声を漏らしながら箸を取った。

　真由美が目の前に座ったので、隼人はできるだけ目を合わさないように、食べることに集中したが、言葉が途切れたときに、恐れていた通りと言うべきか、予想通りと言うべきか、真由美が最初に口にしたのは、「塾」についてだった。

「でも、隼人が塾のことを考えてるなんて意外だったな。今日行ったところは気に入らなかったかもしれないけど、別のところに行ってみれば？」

「ん？　まあ、今日は典明に無理矢理誘われただけだから。しばらくはやっぱり自分でやってみるよ」

「自分でできないから苦労してるんでしょ。それに、すでにわからないところだらけなのにどうやって自分で勉強するの？」

「それは……」

隼人は答えに困った。ふとキッチンにたたずむユージの姿が目に入った。

「わからないところは、ユージに聞くよ」

隼人は苦し紛れに言った。

真由美は、思わずユージを見た。その表情には
「意外と名案かも」

とでも言いたげな笑みをたたえている。

「ユージ、こっちに来て」

真由美の声に反応して、ユージが歩み寄ってきた。

「ユージ、あなた、隼人に勉強を教えられる？」

ユージは、首を縦に動かしてうなずいてみせた。その仕草は、新たな役割を得たことに対する嬉しさが表れているようにも見えた。

★

食事を終え、風呂から上がった隼人は、自分の部屋に戻った。

すでにユージがいつものように机の横に座っていた。

「はあ」

隼人は一つため息をついてから、学校の鞄を無造作にひっくり返し、中身を床の上にぶちまけると、その中から数学の宿題のプリントと教科書を取り出して、机の上に置いた。

「あー、めんどくさい。何でこんなことやんなきゃならないんだよ」

隼人は声に出して言った。

「ドウシテ、メンドウクサイノニ　ベンキョウ　スルノ?」

隼人は苦笑いをして、勉強することと同じくらい面倒なことのように返事をした。

「成績が悪くなると、サッカーやらせてもらえないからだよ」

「サッカーガデキルテイドノ　セイセキヲトルタメニ　ベンキョウシテルノ?」

「そうだよ」

「ミライノコトハ?」

「未来?」

「チュウガクセイ　ミンナ　ミライノコトガ　ファンデ　ベンキョウシテル。ハヤト　ファンジャナイノ？」

「俺、高校だったらどこでもいいし、行ったらバイトするから。それより今、遊びたい」

「ベンキョウ　キライ？」

隼人は、これ以上ない嫌悪感を表情に出しながら言った。

「嫌い！　好きな奴なんていないだろ」

「ベンキョウズキ　ケッコウイル」

隼人はだんだんイライラしてきた。

「何だよユージ。どうせ先生みたいに、勉強は将来の自分のためにするんだぞとか言うんだろ。やらないで困るのは将来の自分だぞって」

ユージは機械音を響かせながら、首を横に振った。

「ハヤト　コマラナイ」

「はぁ？」

「ベンキョウシナイデ　コマルノハ　ハヤトジャナイ。コマルノハ　ハヤトノマワリニイルタイセツナヒトタチ」

「うるさいよ！」

隼人は、ユージに背を向けるように机に向かい、数学のプリントを解き始めた。

わからない問題はユージに答えを聞けばいいと思っていたが、ユージに対する怒りが、

「こんな奴、頼ってたまるか」

という気持ちを隼人の中に芽生えさせていた。

同時に、ユージの言ったことが頭から離れない。

新しい価値観に出会ったとき、その衝撃がそれまでの自分の価値観をひっくり返してしまうことがある。

悔しいが、それに近い感情を隼人は感じていた。

「勉強しないで困るのは、俺の周りにいる大切な人たち……何でだ？」

正直どうしてそうなるのかはわからないが、勉強をする理由を表す言葉としてカッコイイと思った自分がいた。

MAYUMI　20XX/07/15　23:44
宛先:k_tsukiyama@XXXXXX
件名:ちょっと心配なこと

幸ちゃん

時差ぼけは大丈夫ですか?
返信ありがとう。
とりあえず無事ついたみたいで一安心。

それにユージについても。
幸ちゃんにも何が起こるか予想できないというのは意外だったけど
隼人が「アイ」を学べるようにプログラムされているから
そうそう変なことは起こらないだろうという言葉に安心しました。

一応、様子を見て
ユージがおかしいようだったらすぐ連絡します。

さて、こっちは早速、ちょっと心配なことが起こりました。
隼人が、夜の9時半まで帰ってこなかったの。
心配して何度も携帯に連絡したのにずっと電源を切ってたのよ。

どうして遅くなったかを聞いたら
「塾の体験に行ってた」
って言うんだけど、明らかにウソ。

だって、着ていた服がタバコ臭いんだもん。

おそらく
ゲームセンターか、カラオケか、お友達の家か……
隼人の話すときの息からは
タバコ臭さは感じなかったから
本人が吸ってる訳ではなさそうだけど
たくさんの人が、タバコを吸っている、
そういう場所で
遊んできたのは間違いないの。

毅然とした態度で
問い詰めた方がいいものか……
それとも、もう少し様子を見て、待ってあげた方がいいものか……
母親として、迷っています。

結局、どう言っていいのかわからずに
今日のところは、「厳重注意」に留めておきました。

思春期の子どもってこんなに大変なの?　って感じ。

でも、そのおかげで
ユージが隼人の家庭教師になることになったのは
少し明るい材料かな。

また、連絡するね。お休みなさい。

真由美

標的

　ポケットに手を突っ込んだまま、イスの背もたれにふんぞり返って、暇そうに授業が始まるのを待っている隼人の姿を見て、隣の席の三澤円花《みさわまどか》が可笑《おか》しそうに小さく笑った。

　隼人はその様子に気づいて、顔を円花の方に向けた。

「何だよ」

　円花は首を横に振った。

「珍しいなぁと思って」

「何が？」

「だって、いつもなら数学の前の休み時間は、『宿題見せて！』って言って、先生が来るギリギリまで、アタフタしながら私のノート写してるじゃない。今日は言ってこないから」

　隼人は余裕の笑みを浮かべた。

「俺は、やるときはやる男だよ」

「え？　宿題やってあるってこと？」

「当然だろ」

いつもなら、毎時間「早く終わらないかな」とか、そうでなければ、やっていない宿題を「いかにごまかすか」「どうやったらバレないですむか」ということばかりを考えているのに、今日は、この五時間目が来るのが少し待ち遠しかった。やるべきことをやって臨んだ一日は気分がいい。

円花は吹き出した。

「築山くんも、やるときはやる男なんだね」

「何だよ、その言い方は。そんなことすらできないと思ってたみたいな言い方じゃん」

「思ってたよ」

「ガクッ」

隼人は、流行のポーズをした。

円花はまた笑った。いつもよりも打ち解けているような気がする。

「だって、今まで一回も宿題やってきたことないじゃん。……でも、安心した。築山くんて、ただのお調子者で、嫌なことからはトコトン逃げるばっかりの人だと思ってたから」

「俺、そんな風に思われてたの？　それで、何でお前が安心するんだよ」

「だって、なにげにそういう人って恐いし、かっこ悪いじゃん」

隼人は、円花の言う「かっこ悪い」が気になったが、それ以上に「恐い」という言葉が耳に残った。

自分が恐いと思われているなんて、考えたこともなかった。

「でも、どういう心境の変化なの？　あれだけ、勉強なんてやっても意味ないって言ってたのに」

「ん？……まあ、成り行きかな」

隼人がそう言ったところで、チャイムが鳴った。

立っていた奴らが一斉に自分の席に戻り、イスをガラガラと引きながら席につく音が不規則に教室内に響き渡る。開け放した窓からは、隣の教室で起こっている同じ音が、生暖かい風に乗って入ってきていた。

担任の田中先生が、教室に入ると同時に、

「起立」

という、日直のあまりやる気のない、弱々しい号令が教室に流れた。

声の締まりのなさに呼応するように、立ち上がる生徒の出すイスの音はバラバラで、全員が立って揃うのに、時間がかかった。夏の暑い空気が開け放たれた窓から音も立てずに塊となって動いているようで、その空気に飲まれた教室は誰もがやる気を奪われ、眠気に襲われる。そんな雰囲気に満ちていた。

礼を終えると、また同じように着席に時間がかかり、教室はいつものようにざわついていた。

「おい、もうしゃべるなよ。静かにしろ」

田中先生のイライラした声が教室に響いた。

「じゃあ、宿題の答え合わせからするから、全員プリントを机の上に出せ」

田中先生はそう指示を出すと、問題を黒板に書き写し始めた。

一題書き終わって、教壇の上からふり返ったとき、机の中を全部引っ張り出して、教科書の隙間にプリントが挟まっていないか確認している奴や、鞄の中を入念に探している奴など、挙動が怪しい生徒が数名いた。

田中先生は、ため息をつきながら、声を荒らげた。

「おいおい、まだ出せないのか？」

探している「振り」をしている生徒たちの焦りは最高潮に達して、独り言のように
「あれ〜あれ〜」

「おかしいなぁ〜」

とつぶやきながら、何度目になるかわからない教科書の束の隙間チェックをし続けている。

隼人は、その演技の滑稽さというか、下手さ加減に思わず苦笑いした。

傍《はた》から見ていて、やってきていないのがありありとわかる。

探しても出てこないことなんて自分が一番わかっているのに、ああやって時間を潰《つぶ》して、先生が、自分のことを放っておいて答え合わせを始めるのを待っているのだ。

「何だ、お前たちやってないのか？」

田中先生の声に、一人の生徒がちょっとキレ気味に答えた。

「昨日ちゃんとやったのに、忘れました」

その声を皮切りに、他の数名も探す仕草をやめて、

「俺も、やったけど忘れました」

と次々声を上げた。

田中先生は、何か言おうとしたがそれをグッと飲み込んで、黒い台紙の名簿を「バタン」と音をさせながら開いて、眼鏡越しに、一人ひとりをのぞき込むように見据えてから、何やらチェックをしていった。

「他に、今日忘れた奴は？」

田中先生の言葉に、探す振りすらしていなかった生徒も、チラホラ手を挙げる。田中先生は、一人ひとり指さして、手を下ろさせていきながら、名簿にチェックを続けた。

全員チェックし終えたところで、何かを思い出したようにチラッと隼人の方を見た。

隼人の手が挙がらなかったのを不審に思ったようだが、机の上にプリントが広げられているのを確認したからか、すぐに目をそらして教卓に両手をついた。

「お前ら、これやっとかないと本当に将来苦労するぞ。受験前になって泣きついてきても知らないぞ」

クラス全体が暗く沈んだ雰囲気になった。

自分は関係ないと思っている生徒たちはただ静かに座り、宿題を忘れた生徒は、少しうつむいていた。反省しているというよりも、ただ嵐が過ぎ去るのを待っているといった感じだ。

「俺は、お前たちのために言ってるんだぞ」

田中先生の声が響く。

静まりかえった教室の中には、隣の教室から、やたら気合いの入った「popular」という先生の声と、やる気のない生徒たちの「popular」の合唱が聞こえてくる。英単語の発音練習をしているらしい。

「今そうやってサボっていたら、困るのは将来の自分だぞ。わかってるのか」

隼人は、田中先生のそのセリフに思わず顔を上げて、先生の目を見つめた。

心の中では、

「違う。困るのは、自分じゃなくて、将来自分の周りにいる、自分の大切な人だ……」

そうつぶやいていた。実際に、田中先生のその言葉よりも、昨日、ユージが発したこの言葉の方が、心の奥底から湧き上がってくるやる気が大きいような気がした。

田中先生は沈んだ雰囲気のクラスの中でただ一人だけ、誰とも違う表情を浮かべて自分のことを見つめている隼人に気づいたが、すぐに目をそらして教室全体を見回した。

「次からちゃんとやってこいよ」

先生のその言葉が、嵐が過ぎ去ったことを表している。

教室は見えない鎖から解放されたように、息苦しさがなくなった。

★

「隼人、今日も行こうぜ」

部活が終わり、道具の片付けをしているときに、将士が声をかけてきた。

隼人は、将士の方を見ずに、赤い三角コーンを片付ける手を休めずに言った。

「今日は無理だな」

「何でだよ。大丈夫だろ？」

隼人は首を横に振った。

「無理だよ。典明を誘えよ」

「あいつはダメだ。塾に行き始めてからつきあいが悪くなった。だから誘ってやらない。その点、お前は友達を大事にするだろ、隼人」

そう言われると、どうにかして行けないかと思うのだが、昨日使った言い訳はもう真由美には通用しないし、別の言い訳が思い浮かぶ訳でもない。実際、昨日の今日で同じ時間に帰ったとしたら、どんな言葉も真由美を納得させることはできないだろう。

「ぐっちゃん家《ち》は、あの時間まで遊んでて親に何も言われないの？」

「言われねえよ」

「塾行けとか？」

「言われねえよ、そんなこと。うちは、親父《おやじ》もお袋も勉強が苦手だったから、勉強なんてできなくったって生きていけるって言ってるしな。下手に勉強できると『大学行く』とか言い出すんじゃないかって心配してるよ。『うちにはそんな金ねえぞ』ってお袋にも言われてるから」

「じゃあ、遊び放題じゃん」

「まあな」

将士は誇らしげに胸を張った。

隼人は一つため息をついた。

「うちはダメだ。昨日一日だけで精一杯だよ。また、ほとぼりが冷めた頃に誘ってよ」

「チッ。なんだよ。お前もつきあい悪いな。な……頼むよ。俺のためだと思って」

将士は、誘い方を変えて、拝むように隼人に手を合わせた。

そう言われても、ダメなものはダメだ。隼人は弱り切った苦笑いをして答えた。

「やっぱりダメだ。ゴメン」

将士に背を向けて、積み重ねた三角コーンを肩に担いだ。

「お前、俺がこんなに頼んでも無視するんだな。お前がそういう奴だってよくわかったよ」

将士は隼人の背中に向かってそう言うと、隼人のもとを離れていって、部活が終わる時間に合わせて将士を迎えに来ていた戸田先輩のもとへと向かった。

将士が戸田先輩に、何か話しかけたかと思うと、二人の突き刺さるような視線が隼人に向けられるのを感じた。

将士はともかく、戸田先輩に目をつけられるのは恐い。

隼人は積み重ねた三角コーンを肩に担いだまま、二人の視界から消えるために、駆け足でその場を離れた。

「無理してでも、ついていった方がよかったかな……」

一瞬そう考えたが、すぐに真由美の顔が浮かんだ。

途端に、どんな理由をもってしても、今日もビリヤード場に遊びに行くなんてできないことだと悟って、一人で首を横に振った。

少し遅れて、典明が部室にボールの入った台車を押して入ってきた。

「典明、今日も塾の補習あるの？」

「うん……あるよ」

「そうか、大変だな」

典明は苦笑いをした。

「まあね……でも、最初ほどは嫌じゃなくなったかな」

「どうして？」

「うん……まあ、勉強もできるようになると楽しいって思えるから」

「勉強が楽しいなんてお前変人かよ」

隼人はからかうように言った。典明はにっこりと笑った。

「それな。僕も自分のこと『変人』だと思った。だって、自分が勉強楽しいって思えるようになるなんて思ってもみなかったもん」

あっさりと「自分が変人である」ことを認めた典明に、隼人はそれ以上かける言葉を見つけられなかった。代わりに、典明の方が隼人に質問した。

「隼人は、今日もぐっちゃんと一緒に遊びに行くの？」

隼人は首を横に振った。

「俺の家は、ぐっちゃんの家みたいに理解がないんだよ」

「そっか。でもその方がいいかもね」

「何で？」

「最近、ふみくん家……ああ、戸田先輩ね。家が近所だからわかるんだけど、夜になると高校に行っていない先輩たちが原チャリで集まってきて、たまり場になってんだよ。どうやらぐっちゃんも来てるみたいだけど、入るのはいいけど、出るのは大変そうだよ、あのグループも」

「そうなの？」

「そりゃそうでしょ。昨日も集まってたから隼人も来てるのかなって心配してたけど、コンビニに買い物行ってるのがぐっちゃん一人だったから、その前に帰ったんでしょ？」

「ああ」

「ぐっちゃんが、隼人を誘いたいのは、グループに中一がぐっちゃん一人しかいないからじゃないかな。他はみんな戸田先輩と同い年か、それより年上でしょ。今のままだと自分一人が『パシリ』をやらされることになるからっていうのもあると思うからね。気をつけた方がいいよ」

隼人の表情は、典明の話の途中から強張《こわば》っていた。

昨日も単純に、羽振りのいい先輩におごってもらって、楽しい時間を過ごしているに過ぎないと思っていたのだが、どうもそれ以外の思惑が、おごる先輩の側にも、仲間に入れようとする同級生の側にもあるようだ。

隼人と典明は、片付けを終えるとすぐに着替えて、部室を出た。

グズグズしていると、将士や戸田先輩と出くわさないとも限らない。

★

自分の部屋に入ると、いつもの場所にユージが足を前に投げ出して座っていた。

「オカエリナサイ」

首を動かしてこちらを向いたユージは、隼人に声をかけたが、隼人は応える気にもなれず、鞄を部屋に投げ入れたかと思うと、自分は部屋には入らず、扉を閉めてリビングに向かった。

ソファに横になってスマホを見ると、ＬＩＮＥのトークに将士がメッセージを立て続けに入れている。

「Ｈ．Ｔ．ゆるせねぇ。あいつは裏切り者」

「友達を裏切る奴は、シカトするに限る」

そんな書き込みが続いて、それに対して将士とつるんでいる学校でもちょっとやんちゃな奴らが、次々と反応している。

「マジか」

「ゆるせねえな」

「俺も、友達やめる」

「あいつの小学校時代のあだ名『変人』だし」

「実際変人」

次々更新される新しい書き込みは、あからさまに「隼人」という名前が出てくる訳ではないが、それを見る誰もが隼人のことを話題にしているというのは、ハッキリとわかる。

それでもメッセージの中に、隼人のことをかばったり、心配するような書き込みは、一向に現れない。下手なことを言って、自分が標的にされるのを誰もが恐れているのだろう。

隼人は反論しようかとも思ったが、何をどう書いても多勢に無勢、といった感はある。それらを見るのも嫌になり、電源を切ってスマホを放り出すようにガラステーブルの上に置いた。

きっと明日、学校でもいろんな奴から
「何かあったの？」

と聞かれるだろう。そのときにも、

「ケータイ見てない」

と言った方が面倒はなさそうだ。実際に見ていられない。

明日、学校に行くのが本当に嫌だ。

頭の中で想像した映像は、明日以降学校で、どんなことが起こるかをありありと映し出している。そして、きっとその通りになる。

今までにも標的にされた奴が何人かいるが、奴らのやり方はいつも同じだ。

誰かに目をつけると、わざわざ休み時間までそいつの教室にやってきて、みんなで騒いで盛り上がる。その会話の中で、ターゲットにした奴に聞こえるように悪口やら、「むかつく」とか「いつかぶん殴る」といったフレーズを入れて、机を蹴飛ばす音とか、大声で笑ったりとかとにかく大きな音を響かせることで脅すのだ。

やられた側が、一人でその中に乗り込んでいくことなどまずできない。そもそもそういう相手を標的にすることとなんてない。やられた側にできることは、聞こえない振りをして、その時間が過ぎ去るのを待つか、休み時間ごとに教室から消えることぐらいしかない。

そういったことが、文字通り毎時間、執拗《しつよう》に繰り返される。

誰かを脅すという行為は、退屈な学校生活の中の唯一の娯楽なのだろうか。奴らの顔は一様に、嬉々としている。

最終的には、

「調子に乗っている」

と目をつけられた奴が、精気を奪われて、惨めなほどおとなしくなったと、奴らが判断するまで続けられるのだ。

それにもかかわらず、そういったことが「いじめ」として、問題になることはない。大人の目は節穴だといつも思う。

誰もが、さわらぬ神にたたりなし、といった感じで、見て見ぬ振りをする。

クラスメイトたちも、誰もその会話が聞こえないかのように、それぞれにできたグループの会話に熱中している振りをしているが、実は誰もが聞き耳を立てているのだ。

静まりかえった部屋の中にいると、よからぬ想像は止めどなく繰り返されて、隼人の精気を奪っていく。

隼人は、大きなため息を一つついて、テレビの電源を入れた。

厄介な問題を忘れさせてくれるのは、今のところテレビ番組くらいしかない。

隼人はあらゆることへのやる気をなくして、ソファに横になり、無感情にテレビのリモコンを操作しながら、お笑い番組を探した。

★

真由美が帰ってきたときも、隼人はソファに横になったままで、お笑い番組を見ていた。

真由美は、隼人が家にいることに、少し安堵した。

薄暗い部屋の中でテレビだけがついている様子が、リビングに入る前からわかったので、テレビを見たまま寝てしまったのだろうと思っていたが、近づいてみると、隼人が目を開けてテレビを見ていたので、ちょっと驚いた。

「起きてるの？　どうしたの電気もつけないで……」

真由美は電気をつけた。

隼人は一瞬まぶしそうな目をしたが、特に返事をしなかった。

小学生が中学生になったところで、母親から見た息子の見た目はほとんど変わっていない。

それなのに、内面の変化は、親の想像をはるかに超えている。

生活時間帯の変化や、周りの環境の変化、中学に上がることで初めて出会った新しい友達からの影響に、初めて経験する先輩・後輩関係。

それらを経験して、隼人の中でも常識や価値観が一気に変化しているのだろう。

隼人はあからさまに、真由美に反抗するようになり、真由美は隼人に手を焼くようになった。

昨夜も、母親として上手《うま》く対応できていないことはよくわかっている。

毅然とした態度で問い詰めた方がよかったんじゃないかという迷いは、昨夜から何度も襲ってきて、よく眠れなかったし、今日も仕事が手につかなかった。

「もし、今日も帰りが遅かったら……」

今度こそ、毅然とした態度で、

「どこで何をしていたか正直に言いなさい」

と問い詰めなければならない。

真由美は、その場面を何度もシミュレートして、一日を過ごした。

そんな場面を想像するだけで、気が重くなる。

そのたびに、祈るような想いで、

「お願いだから、今日は早く帰ってきて……」

と思うのだった。

だから、隼人が家にいて安堵した。

今日は、近づいてもタバコ臭さはもちろん、誰かの家に行っていた匂いもしない。

「おかえり」

帰ってきた側の真由美がそう声をかけると、隼人は、

「うん……」

と感情のない生返事をした。

テレビから漏れてくる笑い声とは対照的に、隼人は無表情に画面の一点を見つめている。

「すぐ、ご飯作るね」

真由美は、そう言ってキッチンに入ると、夕食の準備をしながらもカウンター越しに隼人の様子を観察した。

最近、ことに無口になった気がする隼人は、それが思春期だからなのか、単純に機嫌が悪いからなのか、真由美には判断がつかない。

結局、テーブルに夕食が並ぶまでの間、隼人は表情一つ変えないでソファに横になったままでテレビを見ていた。

やはり、何かあったんだろうと、真由美は直感した。

テーブルに着いた隼人に、真由美はそれとなく声をかけた。

「学校で何かあった？」

真由美の言葉に、隼人は首をテレビの方に向けたまま返事をした。

「なんで？」

「ん？　何かいつもと違う感じがするから」

「別に、何もないよ」

隼人は、真由美との会話を嫌うように、テレビの方に首を傾けたまま言った。

「そう……でも、何か相談したいことがあったら、お母さんにいつでも言ってね」

真由美の言葉に、隼人は反応しなかった。

「この芸人さん、最近結構テレビ出てるよね」

真由美は、できるだけ明るい声を出して、話題を変えたが、二人だけの食卓は、それで会話が途切れて、二人ともテレビ画面を見つめたまま箸だけを動かすという時間が流れた。

やがて、隼人が小さく、

「ごちそうさま」

と言うと、席を立って自分の部屋に向かって歩いていった。

真由美は、半分ほど残された食事を片付けながら、あまり上手くないと思いながらも、どうすることもできない息子への対応を思い、泣きたくなった。

「ユージお願い……」

心の中で、すがるような思いで、そうつぶやいた。

実際には、ユージではなく幸一郎に対してつぶやいた言葉だろう。幸一郎が残していった「ユージー」はいまだに、どうやって隼人に「アイ」を伝えてくれるのかわからないが、彼だけが、今の隼人を変えられる頼みの綱のような気がした。

★

隼人は、部屋に入るなりベッドに飛び込んだ。

明日の学校のことを思うと、不安で宿題なども手につかない。

できることならば休みたいが、まだ、隼人が想像しているような扱いを受けた訳ではないのに、そうなるかもしれないというだけで休む訳にもいかない。

「何より……」

隼人は、目の前のユージをチラッと見た。

「学校を休んだところで、こいつと一日中家で一緒っていうのも面倒だしなあ……」

隼人は舌打ちをすると、寝返りを打ってユージに背を向けて、壁の方を向いた。

「隼人、今日は宿題ナイノ？」

ユージの質問に
「うるさい、ユージ」

と間髪いれずに返してから、異変に気づいた隼人は上体を起こしてユージを見た。

「ユージ、話し方と声が変わってない？」

ユージは、モーター音を響かせながらうなずいた。

ところどころアクセントがおかしなところはあるものの、昨日までよりも明らかに、話し方が流暢《りゅうちょう》で、声質もよくなっている。

「ユージ、ガクシュウした」

「どうやって？」

「テレビノハナシカタを聞いて」

ガラクタばかりを集めた、張りぼてポンコツロボットだと思っていた目の前のユージは、リビングから聞こえてくるテレビの声を聞いて、昨日までとは別のロボットのようなしゃべり方を披露している。真由美が言うようにかなりの高性能なのかもしれない。

隼人はその成長速度を、少し気味悪く感じた。

もう一度ベッドに横になろうかと思ったが、床にばらまくように置かれた、学校の鞄の中からはみ出した教科書やプリントの束が目に入った。

「築山くんも、やるときはやる男なんだね」

隣の席の、三澤円花の笑顔が脳裏に浮かんだ。

どうやら自分は周りの女子から「嫌なことからはトコトン逃げる人」と思われているらしいということを、今日初めて知った。実際には周りの女子からではなく、円花から思われているだけかもしれないが。

隼人は、立ち上がると、床に散らばっている教科書の山から、数学の教科書と宿題のプリントを取り出して机に向かった。

「あいつから、嫌なことからトコトン逃げる男だと思われるのは、嫌だな」

その気持ちだけで、隼人は机に向かった。

まあ、他にやることがなかったというのが一番の理由でもある。スマホを見るのが嫌になっただけで、他のことをやってみようと思えたことも隼人にとっては不思議なことだった。

中学に入学するときに、スマホを買ってもらったが、父の幸一郎から、

「自分の意志で、必要なとき以外はスマホをさわらない人になれなければ、人生をスマホにとられるよ」

と言われた意味が、少しだけわかった気がした。いつの間にか、人生をスマホにとられかけていたのかもしれない。

「ユージ、わからない問題があったら教えてよ」

隼人は探りを入れるように、ユージに話しかけてみた。

ユージは首を隼人に向けた。

「モチロンいいよ。イツデモ聞いて」

そう言うと、また首を正面に向けた。聞かれるまでは邪魔をしないということか。

★

宿題は、それほど難しいものではなく、やる気になれば、解けない問題はなさそうだった。

まあ、それも今日、久しぶりに宿題を忘れずにやっていったからというのもあるだろう。

宿題をやっていくと気分よく授業を受けることができ、そういう気分で授業を受ければ、授業内容もよく理解できる。そうすると出される宿題も、それほど難しくない。気づけば、プリントは終わりに近づいていた。どんどん解ける感覚がちょっと楽しい。

最後の問題を前に、隼人はふとユージの能力がどの程度のものなのか知りたくなり、ペンを止めた。

「ユージ、この問題を教えてよ」

ユージは、いつものように、人間の関節とは逆方向にも曲がる手と足を器用に動かして立ち上がると、机の横まで歩いてきて、プリントを眺めた。

「チョット待ってネ」

そう言うと、両目のレンズを微調節してプリントの内容を読み取り始めた。

中では、ハードディスクが回る音なのか、何やら「カリカリ」小さな音がしている。

やがて、ユージは顔を隼人に向けると、

「隼人、コノ問題は、数字がカワッタダケデ、一問前とオナジ問題だよね。一問前がデキテルんだから、隼人の力でデキルハズ」

そう言うと、テニスボールでできた手が隼人の肩に優しく触れた。

「頑張れ！」

と言っているつもりだろうか。

「ん……あ、ああそうか」

隼人は慌てて、今気づいた振りをして最後の問題を解いた。

単純に、解き方を教えてくれると思っていたが、そうではなかったことに驚きながら。

MAYUMI　20XX/07/16　22:50
宛先:k_tsukiyama@XXXXXX
件名:様子がおかしいけど……

幸ちゃん

昨日の私のメールの内容で無駄に心配をかけちゃったみたいだね。
反省しています。

こっちは大丈夫です。
今日も隼人の帰りが遅かったらどうしようと心配していたけど、
私が家に帰ったときにはもう家にいて、どこかに行ってた様子もないし一安心。

でも、いつもと様子が違って
明らかに、暗いんだよね。
不機嫌って訳じゃなく、何か考えごとをしているような
何かで悩んでいるような感じ。

聞いてみたけど教えてくれないし……
私を避けるように、自分の部屋に入っていっちゃったよ。

でも、もしかしたら思い過ごしかも。
というのもね、驚きなんだけど
隼人の部屋から聞こえてくる会話を聞いてると
ユージと話しながら勉強してるみたいなの。

すごいでしょ。
どういう心境の変化かなぁ。

すごいと言えば、ユージの成長もすごいよ。
幸ちゃん、どうやって作ったの?
朝出かけるでしょ。夕方家に帰ってきたら
別人(別ロボが正しいのかも)のように言葉が上手くなってんだよね。
テレビから聞こえてくる言葉を聞いて、学習していくんだって。

幸ちゃんすごいって毎日感動しています。
お仕事頑張ってね。

真由美

自分さえ楽しければ

隼人にとって、今日ほど学校での一日が長く感じる日はなかった。

休み時間のたびに、将士のもとに、他のクラスから将士といつもつるんでいる仲間たちがやってきては、隼人が予想した通りのことが起こった。

最初の数回は、聞こえない振りをしてやり過ごしたが、三時間目と四時間目の間の休み時間の頃には、教室全体が、奴らが集まっている理由を察した感もあり、隼人は何か用事がある振りをして教室を出た。

廊下に出る隼人の背中には、将士のグループの馬鹿笑いと、大声の会話がまとわりつく。

「あいつ逃げやがった」

「ぶん殴りに行こうぜ」

「やめてやれよ。すぐ泣くから」

「いいじゃねえかよ。泣かそうぜ」

隼人はふり返らなかった。

これがこの先も続くのかと思うと、隼人は気が重くなった。

結局、この日隼人は、チャイムと同時に教室に戻ってきて、授業が終わると一人で教室から出て行くことで、何とか一日をやり過ごした。

前に先生が立っている授業時間だけが、安心して座っていられる時間だ。それでも授業中に、隼人が当てられると、将士とつるんでいる奴が、目配せをして嫌な感じの表情の交換を必ず行っているのが隼人にもわかった。

いつもはお調子者の隼人が静かだったことに、どの先生も驚いて一瞥はするのだが、その理由を聞いたり、何かあったのかと気にしてくれはしない。先生たちは、チラッと見ては、何事もなかったかのように、授業を続けるのだった。

部活も面倒な時間になるかと思ったが、休み時間ほどではなく、ちょっとだけ安心した。将士は同じサッカー部だが、将士とつるんでいる奴らは野球部とバスケ部の奴が多いのがその理由だろう。それでも将士は、練習中、サッカーではなく隼人の悪口を言い合える一年生仲間を探すことに集中しているようだった。みんな笑ってごまかして、今日のところは、相手にする奴はほとんどいなかったようだが、部活内にも嫌な雰囲気のグループができてしまうとなれば、それこそ隼人の居場所はまったくなくなってしまう。

結局、隼人は部活が終わると、誰よりも早く着替えて、部室を出た。

正門までの途中には、体育館の横を通らなければならない。

「バスケ部の奴らに会いませんように……」

と心の中で唱えてから、校舎の角を曲がったが、目に飛び込んできたのはバスケ部の一年生の集団だった。その真横を通って帰らなければならない。

「最悪だ……」

隼人は心の中で思わず舌打ちした。

「はやとぉ！　バーイバーイ」

中の一人が、大声で隼人に声をかけた。周りの奴らが一斉に笑った。

言葉だけを考えると、単純なあいさつでしかないが、あからさまに人をバカにしたような、同時に威嚇するような言い方だ。

隼人は無視する訳にもいかず、

「おお、バイバイ」

と小さく手を挙げて応じた。

奴らは、その仕草を真似して、また笑い合っている。

隼人は駆け足になってその横を通り過ぎた。背中に、奴らの笑い声が刺さる。

隼人は感情を押し殺しながら、ただ家に急いだ。

★

玄関から自分の部屋に直行した隼人は、机の上に置いていたスマホを手にして、電源を入れた。

LINEでは相変わらず自分のことが話題になっている。

中には、自分のことを心配してくれたメッセージもあるようだが、ほとんどのそうではないメッセージを見る気にもなれず、そのまま電源を切った。

一つため息をついて、ベッドに横になった隼人は、泣き出したい気分になるのを何とかこらえていた。

「何で俺ばっかり、こんな目にあうんだよ……誘いを断っただけなのに」

隼人は、ぼんやりと天井を眺めていたが、ふとあることに気づいて、身体を起こした。

「ユージがいない！」

隼人は部屋を飛び出して、リビングへ向かった。

隼人の心配をよそに、ユージはリビングで座ってテレビを見ていた。

扉が開く音に反応して、ユージは腰と首を回転させて隼人の方を見た。

「おかえり、隼人」

「ユージ、何してるの？」

「ユージー、話し方の勉強ヲシテル。ダイブ上手になったよ」

確かに、初めてユージが口をきいたときとは比べものにならないくらい、格段に話し方は上手くなっている。

「ユージ、勝手に部屋の外に出ちゃダメだよ」

「わかった。……コレカラは勝手にデナイ」

ユージの声は少しさみしそうだった。隼人はちょっとかわいそうになった。

「いや、いいや。部屋の外に出てもいいし、好きなようにテレビを見てもいい。けど、絶対に家の外に出ちゃダメだ。それに、留守中に誰かが来ても出ちゃダメ」

「わかった。家カラハデナイし、ダレカガ来てもデナイ」

ユージの声が明るくなった。今度は心なしか嬉しそうだ。

ユージは、首と腰を回転させて、またテレビの方に向き直ると、テレビを見始めた。

隼人はその様子を見て、自分も隣のソファに腰を下ろしてテレビを見た。

「ユージは、学校に行かないでいいからいいな」

隼人は思わず漏らした。ユージという存在にも慣れ始めている。

「隼人は、行きたくナイノ?」

隼人は苦笑いをした。

「行かないでいいんなら、行かないよ」

「ユージー、カワリニ行こうか?」

隼人は、慌てて頭を振った。

「ダメダメ、ユージが学校とか行ったら、問題が更にひどいことになるから」

「モンダイ?」

「ああ、まあ、こっちのこと……」

隼人はユージに説明しても仕方がないと思い、話をしなかった。

「隼人、学校デ嫌なことアッタネ」

隼人は苦笑いをして、投げやりに言った。

「ユージに、何がわかるんだよ」

「人間のアセ、感情ニヨッテ実は成分ガ変わり、ニオイが少しチガウ。人間はキヅカナイ。でもユージーワカル。今日の隼人、いつもとチガウニオイ。感情は『恐怖』ト『嫌悪』。だから嫌なことアッタッテワカル」

隼人は目を見開いて、ユージのことを見た。

「そんなことまでわかるの？」

隼人は、しばらくユージを見つめていたが、大きく一つ息をつくと、

「そうなんだよ……」

と力なく言った。

誰にも相談できないことを、ユージに聞いてみるのはいいかもしれない。

「ねえユージ。どうして人は、人を傷つけておいて平気な顔していられるの？」

「アイが足りないカラ。ダカラ本当の優しさをシラナイ……」

「愛が足りない……か」

隼人は一言つぶやいて、数日前、ユージが言った言葉を思い出した。

「そういえば、ユージは俺に愛を教えるために生まれたんだっけ……」

ユージは、片腕を前に伸ばしてテレビを指した。

「テレビの中でも、大人たちミンナヤッテル。自分が楽しいなら、他人がキズツイテモ平気。嫌いな人間のシッパイを喜ぶ。ミスをした人間たちをミンナでトコトン追い詰める。ソレを見る人たちも、ザマアミロ、モットヤレって思ッテル。みんなアイが足りない。みんな、自分が喜ぶコト、自分の怒りをブツケルコト、自分が楽しいコト大事。アイがない。自分ダケガ大事。だから、平気な顔してイラレル」

「自分だけ……」

確かにそうだ。みんな自分のことしか考えていない。

自分たちが楽しければ、その場で笑いがとれれば、隼人がどれだけ嫌な思いをしていようがかまわないと思っている。

「ホントにそうだよ。みんな自分のことしか考えてない！」

隼人は怒りをぶつけるように声を荒らげた。

「デモ、隼人も、同じだったデショ。自分ノ楽しいノタメナラ、誰かを悲しませるウソをついても平気」

「えっ……」

隼人は、一瞬固まった。

「ビリヤード楽しんダケド、真由美ニハ『塾』ってウソついた」

「何で知ってんの？」

「ユージー、ニオイでワカル。真由美も隼人がウソついたのワカッテル」

「母さんにバラしたの？」

隼人はユージをにらみつけた。

「ユージー、ナニモ言ってナイ。真由美、自分でキヅク。隼人タバコのニオイスゴカッタ。塾じゃないコトクライ、誰デモワカル」

隼人は、身体が熱くなり変な汗が噴き出すのがわかった。

「ホラ、隼人モ、隼人ノ『楽しい』が、真由美ノ悲しいにナッテタけど、平気ダッタ」

隼人はその言葉を聞いて、怒る気力もなくして、肩を落とした。

確かに、自分もそれまでの学校生活で、他の人をバカにして心の底から笑っていた。人の失敗を喜んだり、やってはいけないミスをした奴を見つけては鬼の首を取ったかのように批判した。それどころか、ウソをついてまで、自分の「楽しい」を優先させていた。それら一つ一つの経験に、隼人は思い当たることがある。自分さえ楽しければ、他の人の感情なんてどうでもいいと思っていたのは、自分も同じだ。どの瞬間も「他人の気持ち」なんて考えていなかった。

これまでの隼人の「楽しい」は誰かの犠牲の上になりたっているものだったのかもしれない。

自分の「楽しい」の陰に隠れて、「嫌な思い」をしていた他人はきっとたくさんいたのだろう。今の自分のように……。

「俺には、愛がなかったってこと？」

「シカタナイ。アイは誰もがサイショは持ってナイ。イキテイク中デ経験して学ブモノ。今、隼人ハソレヲ学んでいるトコロ。ユージー、ソレをお手伝いスルタメニ生マレタロボット」

隼人は、ユージを残してアメリカに行った、幸一郎の顔を思い出した。

旅立ってから数日しかたっていないのに、最後に会ったのはだいぶ前だったような気がする。

「自分だけ……ってことを考えるのをやめれば、人を傷つけない人になるってこと？」

「ソウとも言エルケド、アイを知レバ、自然と『自分だけ』ッテ考えナクナル」

「そっか。でも、愛を知ったからって、俺に対して嫌がらせをする人がいなくなるって訳ではないよね」

「スグニハナクナラナイ。でも隼人がアイを知レバ、時間はカカルケド、隼人の周りから隼人ヲ傷つけようとスル人はダンダン減ッテク。アイを知らなけレバ、ドンドン増エル」

隼人はため息をついた。

「はあ、ダンダンね」

隼人はカレンダーを見た。

「まあ、あと三日の辛抱か……」

そう、あと三日、どうにか我慢をして学校に行けば夏休みが始まる。

でも、その三日が我慢できないほど地獄のような日々に感じられて仕方がない。

「ユージ、他の人が自分の気持ちをわかろうとしてくれないで、たまらなくイライラするときって、どうすればいいの？」

隼人は、力なく聞いた。

「最初カラ期待シナイコト」

「はぁ？」

隼人は、予想外の答えに拍子抜けした。

「愛が大事だ」に近い前向きな答えが返ってくると思っていたのに、返ってきたのは「期待しない」とは……。

「期待バカリシナイ。今日一日、誰カニ頼ラナイデ、いい一日にスルト決メル……」

「誰かに頼らない？」

隼人は怪訝《けげん》そうな表情で、ユージを見返した。今日をいい日にするのに、自分が誰かに期待したり、誰かに頼っているつもりなど隼人にはなかったからだ。

「誰かに頼ってるつもりなんてないけど……」

「自分ではキヅカナイウチニ、人間ハ会う人会う人ニ、いろんなコトヲ期待シテル。怒りっぽい人や、イライラしている人ホド、誰かに頼ッテ生キテル」

「どういうことだよ」

「スーパーで並んだレジの列の進みが遅イと感ジタコトアル？」

「ある……けど」

「急いでいるトキニ、列の一番前のオバアサンガ、ポイントカードを探すタメニ財布を調べたり、一通り探したアトデ、今度はバッグから別のポーチを取り出して、カードを探し始メタリ、ようやく見ツカッタラ今度は小銭ヲきっちり払オウトシテ、小銭入れカラ一枚一枚硬貨を取り出し始メル……そんなオバアサンがいることを想像シテミテ。そうヤッテル間ニモ、隣の列は一人、二人と会計を終エテドンドン流レテル……どう？」

「どうって……そりゃあ誰だってイライラするでしょ。さっさとやれよって思うよ」

　ユージは音を立てながら首を横に振った。

「誰だってジャナイ。イライラするのは、相手に期待シテル人ダケ」

「期待？」

「そう。並んでいるトキニあらかじめカードを用意シテオクコトヤ、小銭が取り出しヤスイヨウニ準備シテオクコト、もっと言えば、自分の列の方が速く流レルコトヲ、無意識のウチニ目の前のオバアサンに対しても、レジ係の人にも期待シテル人だけがイライラする。その期待が裏切られるカラ。もし、最初カラそのオバアサンに、ナニモ期待してイナケレバ、イライラすることもナイし、怒ることもナイ」

「そんなことが起こってイライラしない人なんているの？」

「イル。誰かに会ったトキニ、相手に何をどこまで期待スルカハ、一人ひとり違ウ。

　知ってる人カラ見知らぬ人に至るマデ、あらゆる人に、『こうしてくれ』と期待スル度合いが高い大人もイル。ベースになっているのは『自分ならこうする』という思い。それが無意識のうちに、『その通りに動け』という相手への期待になる。

　そういう人は、朝奥さんにイライラして、子どもにイライラして、通勤デハ他の車や、電車ナラ同じ車両に乗った他の乗客にイライラする。職場デハ、上司にも部下にも、得意先の要求にもイライラするし、帰りも同じようにあらゆるコトにイライラして一日を生キテル。それが、『自分の幸せを出会うすべての他人に頼り切っている行為』ダト気づかない。無意識に行ッテル。そんな人ハ人生ガ、朝から晩までイライラして、怒りながら過ぎていく。

デモ、一方で、人に期待スル度合いが低い人もイル。

そんな人は、家族だろうが、見知らぬ人だろうが、周りの人が自分の期待通りに動いてクレナイカラといって、イライラしたり、怒ったりはシナイ。自分の一日の幸せは、誰かに頼って作り出すモノデハナク、誰にも頼らず自分で作り出すモノダということを知ッテル。

隼人もキット、無意識のウチニ、会う人に、自分に対して『こうして欲しい』と期待シテルンダと思う。

デモそれって、会う人会う人に頼って生キテルッテコト。その人たちが、自分の望み通りの行動をトッテクレテ初めて『いい一日』になるってコトは、隼人の一日が、いい一日になるかならないかが、隼人ニヨッテではなく、周囲の人にヨッテ決マッテル。

だから最初カラ期待シナイ。期待シテモ、残念ながら、その期待とは無関係に他人は動く。期待しているコトと反対のコトヲわざとする人もイル。だから、最初カラ期待シナイ」

「期待しない……か。なんだか希望のない言葉だな」

「最初はそう感じるノモ無理ハナイ。デモ、最初カラ出会う人に期待シナイと決めて一日を過ごすようにナルト、今日という一日を、いい一日にするのは難しくないトイウコトがわかるようにナル。それに、期待してないと、案外、周囲の人はイイ人が多いって気づくのカモ」

もちろん、自分に起こっていることをユージに詳しく説明した訳ではないので、ユージの話が、今の隼人の状況を解決するためのアドバイスとして適切かどうかは、隼人にもわからない。

ただ、これまで自分が無意識のうちに、誰かに、それこそ家族に始まって、偶然町で出くわした知らない人に至るまで、大きく何かを期待して生きてきたのは確かなようだ。思うように動いてくれないそれらの人にイライラすることがたくさんある。

隼人はそれまで、自分が誰かに期待して、それに頼って生きているなんて考えたことがなかった。でもユージの話は納得できた。そんな価値観に触れただけでも、自分が少し成長できた気がする。

ただ、問題なのは期待するなと言われても、将士やその友人たちに対して、

「自分のことを標的にするのはやめて欲しい」

と期待することを、捨て去るのは難しそうだということだった。

MAYUMI　20XX/07/17　22:04
宛先:k_tsukiyama@XXXXXX
件名:我慢のしどころかな

幸ちゃん

メールを読むと
とりあえず元気に毎日仕事に行けてるみたいで安心しました。
食事だけはちゃんとしたもの食べてね。

今日も隼人は、早く帰ってきてたみたいで
何か深刻に考え込んでいる様子だったんだけど、
何となく状況がわかったよ。
というのも、
「隼人くん大丈夫?」
ってママ友からLINEでメッセージが来て……
どうやら、学校で隼人がいじめとまではいかないけど
やんちゃなグループに目をつけられて、孤立してるらしいんだよね。
結構ひどいことも言われてるし、
学校でも結構ひどいことされてるみたいなの。

学校に相談に行ってみようとも思ったんだけど
隼人本人が「別に何でもない」
って言うから、今のところは何もしてない。

私の方が、黙って見てるのが辛《つら》いんだけど
本人は、自分の力で乗り越えようとしてるんだね、きっと。
見ていることしかできないのは、本当に苦しいけど、強くなれって思いながら、隼人のことを信じて見守ってみようと思います。

でも、そういうことがあったからか
ユージとは、自然に話すようになってきたよ。
私にとっても、隼人にとっても
そういう時期にユージがいてくれたということが、
大きな助けになっています。
そう、わが家にユージがいるのが
だんだん当たり前になりつつあります。

きっと大丈夫。
隼人は自分の力で乗り越えてくれるはず。
心配しないで。

真由美

勇気と強さ

ユージの言葉とは裏腹に、それから三日間、隼人を取り巻く環境はよくなっている様子は感じられず、むしろ、将士を始めとするそこに集まってくる奴らの、隼人に対する執拗な「攻撃」は、エスカレートしているようにすら思えた。

それでも、隼人は何とか、

「あと三日我慢すれば」

「あと二日だけ」

「今日一日の辛抱」

と自分に言い聞かせるように、耐えては家に帰り、ユージに話すことで、翌日も学校に行く勇気を振り絞るということを繰り返した。

その三日間、日々気持ちを作り直す上で案外役に立ったのが「期待しない」という考え方だった。確かに状況が変わる訳ではないのだが、

「将士たちが休み時間に来ませんように」

と期待してそれが裏切られるときに比べると自分の中でのイライラの度合いが違う。

それ以外の場面でも、自分がこれまで、無意識のうちに、出会う他人に期待して、その通りに相手が行動してくれないことによって、イライラしていたんだということに気づかされることがたくさんあった。

確かに、これではユージの言う通り、今日がいい日になるかどうかを全然知らない他人や、自分では変えることのできない何かにゆだねていることになってしまう。

ユージと話を続けるうちに、やはりユージはインターネットで世界と繋がっていて、あらゆる情報の中から、隼人に「アイ」を伝えるために一番わかりやすい情報をピックアップして伝えてくれていることがわかった。隼人の表情や置かれている状況なども考慮に入れて、最適な答えを導き出すらしい。

どうやったらそんなことができるのか、隼人にはわからなかったが、ユージは、確かに今の隼人にとって、一番大切なことをわかりやすく教えてくれる大切な友人になりつつある。この数日間で、二人の距離は一気に縮まった。

隼人は終業式後の学活を終えると、ここ数日そうしているように、誰よりも早く席を立ち、帰ろうとした。教室の後ろの出口にさしかかったとき、目の前にその出口をふさぐように、将士が立ちはだかった。隼人は思わず身構えた。全身に力が入っている。

「隼人。今日一緒に遊ばねえか?」

将士は、昨日まで自分に対してしてきた嫌がらせの数々など、なかったことのように、隼人に対して親しげな笑顔を向けてきた。

「ここでついてきたら、今までのことはなかったことにしてやる」

とでも言いたげな顔をしている。

「ぐっちゃんと二人で？」

「いや、戸田先輩もいるし、前に遊んだ先輩もいる。あと……」

そこであげられた数名はここ最近、将士がつるんでいるバスケ部と野球部の奴の名前だった。

「悪いこと言わないから、お前も来いよ。仲間に入れてやるぜ」

将士はそれをさも特別なことのように言った。

学校で受けているこの仕打ちを終わらせるためには、

「いいね、行くよ」

と言うべきなのだろう。ここ数日の自分に対する仕打ちは許し難いものがあるが、その一言でこの苦痛から逃れることができる。それだけじゃない。そうすれば、また「楽しい」学校生活が戻ってくるのかもしれない。

「じゃあ行こうかな」

という言葉が喉まで出かかったが、その瞬間にユージの言葉が浮かんだ。

「自分の楽しい……ノタメニ誰カヲ犠牲ニシテル」

確かにそうかもしれない。でも、こんな苦しみをユージは理解していないだろう。

それに、自分だけじゃない。みんなそうやって毎日楽しく学校生活を送っているのだ。自分だけが、ユージの言う「愛」を知って、自分の「楽しい」のために誰も傷つけないと決めたところで、誰もそんなこと考えていないのなら馬鹿を見るのは自分一人だ。しかも、みんな見て見ぬ振りをしている奴らだ。そんな奴らを傷つけないと義理だてる必要があるだろうか。

「そうだなぁ……今日何かあったっけ……」

隼人は、考える素振りをした。

頭の中ではここ数日の苦しい状況を終わらせたいと思いながらも、将士への感情と、ここ数日のユージとの会話が気になって、「ウン」とは言えない自分がいた。

自分が将士と一緒に行動をするようになると、また、誰かを傷つける笑いを仲間内ですることになるだろう。ここ数日、それをされた側になって感じる痛みを経験したあとで、今度はそれをする側に回るようなことはしたくない。

「隼人。何してるんだよ。早く行くよ！」

隼人が迷っていると、将士の肩越しに声がした。

見ると、典明だった。

「ダメだよぐっちゃん。隼人は僕と先に約束してたんだから」

典明は手を伸ばすと、隼人の右手首を握りしめて思いっきり引っ張った。

「何だよ、典明！」

将士は気色ばんだ。

典明は、涼しげな顔をして将士に笑顔を向けた。

「ゴメンよ、ぐっちゃん。でも、先に約束してたのは僕だから」

そう言うと、

「ホラ、早く帰らないと間に合わないから」

そう言って、隼人を急《せ》かした。

「ん？　あ……ああ」

隼人は返事にならないような返事をして、典明に引っ張られるままに教室を出た。

将士は典明の笑顔に、怒る気をなくしたようで
「チッ」

と舌打ちをして隼人と典明を目で追った。

隼人と典明は、二人で並んで帰った。

実際には、典明とは何の約束もしていなかったのに、急にあんなことを言ったのは、隼人が将士やその仲間との間でトラブルになっているということを知っているからだろう。

あんなことをしたら、自分も同じように将士たちのグループのターゲットになる可能性すらあるのに、典明はためらいもなく、隼人のことを救ってくれた。

もし自分が逆の立場だったら、典明を救えただろうか……。

隼人は考えた。答えはわかっている。

きっと、自分にはそんな勇気はなかっただろう。

それでも、隼人は典明に対して素直に「ありがとう」を言えずにいた。

しばらくの沈黙の後、典明が隼人に声をかけた。

「今日、どうしよっか」

「え？」

「だって、約束してるってことにしたんだから、ちょっとでも一緒に何かやった方がいいでしょ」

「あ……そうか」

隼人は、そこまで考えていなかったので、どう返事をしていいか迷った。

「じゃあ……公園でサッカーする？」

「いいね！」

隼人の提案に、典明は嬉しそうな顔をした。

★

二人でやったサッカーは面白かったが、結局その日、隼人は、典明に「ありがとう」の一言を言えないまま別れた。

二人でできることなんて限られている。

パスをして、一対一をして、片方がキーパーをやって、もう片方がシュートを打つ。

その程度のことしかできなかったが、サッカーを夢中でやっているときは、いろんなことを忘れられて、楽しかった。クタクタになったけど、きっと、典明も同じ気持ちだろう。

自分の「楽しい」が誰も傷つけない時間。

自分の「楽しい」が誰かを傷つけているときには感じられない清々《すがすが》しさがそこにはある。

隼人は、典明と公園で別れて、鼻歌を歌いながら、家に向かった。

喉が渇いた隼人は、ジュースを買おうと思い、途中のコンビニで自転車を止めた。財布の中をのぞくと百二十円しかない。これで買えるジュースを買うしかない。

店に入ると、雑誌コーナーの前を通り過ぎて、大きな冷蔵庫の前に立った。どれも百四十円以上した。

「まじか……」

仕方なく、ジュースを諦めてアイスにしようと思いふり返ると、そこには三澤円花がいた。

「築山くん」

「おお……三澤じゃん」

「おお。三澤だよ」

円花はそう言うと、微笑《ほほえ》んだ。

ジュースを買おうと思ったのに、お金が足りなかったからアイスにしようと思っていたという話をしたら、円花は、

「私が出してあげるよ」

と言うと、隼人の返事を聞かずに二人分のポカリスエットを持ってレジに並んだ。

隼人は、円花の言葉に甘えて、おごってもらった。

二人は、コンビニの外に出ると、二人同時にペットボトルのキャップを開けた。

「サンキュー」

隼人は一言そう言うと、喉を鳴らしながらポカリを飲んだ。

「何、今から帰るの？」

隼人は円花に尋ねた。円花は首を横に振った。

「今から塾だよ」

「三澤も塾？　みんな勉強好きだねぇ」

隼人は少しバカにするように言った。

「別に嫌いじゃないよ。それに、逃げるのは嫌だし」

「逃げる？」

「うん。逃げたくない。私は自分に負けたくない。だって、逃げるのはかっこ悪いし」

隼人にとって、その言葉はちょっとした衝撃だった。何しろ、隼人の周りには、

「真面目に勉強する奴はかっこ悪い」

という価値観の奴しかいなかったから。自分もそれが「普通」だと思っていた。

最近、勉強し始めた典明も、ちょっと考え方が変わってきたようで同じようなことを言っていたが、円花はそれ以上にハッキリとそれを口にした。

「自分に負けて、勉強から逃げる人の方がかっこ悪い」

隼人の心の奥にある何かがざわついているのがわかる。その証拠に鳥肌が立っている。

そう言い切った円花のことを少しかっこいいと感動しているのが、自分でもわかる。

「けっ、真面目に勉強なんてやってらんねえよ」

隼人は、素直になれずに、粋がった。

「逃げるの？」

円花は、ちょっと挑戦的な笑みを浮かべて言った。

「バカ、お前。俺が本気出したらやばいよ。知らないよ、本気出したら、お前とかすぐに抜いちゃうよ」

円花は鼻で笑った。

「それは楽しみ。でも、やらなきゃいけないことからすぐ逃げる人ほど、本気出したらやばいとか言うんだよね」

「言ったな？　じゃあ、二学期見てろよ……絶対……」

隼人が、円花に向かって決めゼリフを言おうとした瞬間、後ろから声がした。

「隼人じゃん！」

ふり返ると、将士を先頭にして、いつも教室で隼人に嫌がらせをしている、五～六人の仲間たちが自転車でこっちに向かってきているのが見えた。

立ち漕ぎをしながら近寄ってくる将士たちは、捕らえた獲物に群がる肉食動物さながら、嬉々としていて、あっという間に、隼人と円花を取り囲むように自転車を止めた。

「三澤、隼人なんかとつきあってんの?」

「マジか。できてんの、お前ら?」

「俺に言ってた用事って、三澤とのデートかよ」

「三澤、やめとけよこいつ裏切り者だぜ」

「どこが好きなのこいつの」

円花の顔が見る見る凍り付いていくのがわかる。

「わかった。隼人、お前が無理矢理つきあってくれって告《こく》ったんだろ」

「お前、三澤のこと好きなんだろ」

「何、お前、自分がモテると思ってんの?」

数人が囃したてるように、笑いながら隼人のことを小突き始めた。

「ちげえよ。そんなんじゃねえし」

隼人は小さい声で反論した。

「何だよ、お前。三澤のこと好きなんだろ?」

「好きなんだろ? お前らお似合いだよ」

円花の顔が、見る見る赤くなっていくのがわかる。

「別に、好きじゃねえし」

隼人はうつむいてそう言った。円花の顔を見る勇気はなかった。

「私、帰るよ」

円花はそう言うと、将士たちの自転車をかき分けるように、輪から外に出ると、自転車にまたがってその場から離れていった。

隼人はその背中をチラッと見た。怒っているのは明らかだ。

将士たちは、円花の背中に向けて、大きな笑い声を浴びせかけた。

「おいおい、愛する彼女が怒って帰っちゃったけどいいの？」

「そんなんじゃないって、言ってるだろ」

隼人も、捨てゼリフのようにそう言うと、その輪の中から出て、自分の自転車にまたがり円花とは反対方向に漕ぎ出した。

「変人同士、お似合いじゃねえか。ハハハハ」

背中にまとわりつくその高笑いを振り切るように、隼人は自転車を漕いだ。

「最悪だ！　あいつら最悪だ！」

そうつぶやきながら、隼人はペダルに力を込めた。

★

隼人は、机の上に、空になったポカリのペットボトルを置いて、それをボーッと見つめていた。円花におごってもらったものだ。

皮肉なことに、将士たちに囃したてられて、その場から逃げ出したい一心で、

「別に、好きじゃねえし」

と言ってしまった。そんな自分の弱さに対して、消えてなくなりたいほどの情けなさを感じて初めて、自分の円花に対する恋心に気づいた。

自分は円花のことが好きなのだ。小学生までに感じていた「好き」とは明らかに違う感情がそこにあった。その違いを言葉で説明することはできないが、全然異質のものだった。

ところが、その好きな人の前で、男として一番最低な態度をとってしまった。

その後悔は、どれだけ悔いても、気が晴れることはない。時間とともに気が重くなる一方だ。

「何で、守ってやれなかったんだろう」

そう自問しては、出てくる答えは一つだった。

「恐くなって、逃げた……」

普段粋がってはいるものの、自分の弱さを目《ま》の当たりにして、隼人は立ち直れないほど落ち込んでいた。

円花の言葉が追い打ちをかけるように、隼人の気持ちを暗くした。

「私は自分に負けたくない。だって、逃げるのはかっこ悪いし」

その言葉を思い出すたびに、隼人は涙が出そうになった。

尽きることのない自己嫌悪は、そのまま将士たちへの憎悪に変わった。

「あいつらのせいで……あいつらさえいなければ……」

情けない自分に対する後悔と、そういう状況を作り出した将士たちに対する憎悪と、どうしていいかわからない悔しさで隼人の心の中はグチャグチャになっていた。

「あんなことを言ったら、どんなことをしたって、円花は自分のことを好きになってはくれないだろう……」

目の前のポカリの空ボトルが滲《にじ》んでいく。

「ドウシタ、隼人」

ユージが、その様子を見て、声をかけた。

隼人は腕で涙をぬぐって、鼻をすすった。

「俺、もう嫌だ。何でこんなことになるんだよ」

★

ユージは、隼人が落ち着くまで静かに待っていてくれた。

やがて隼人も徐々に落ち着きを取り戻し、ようやく呼吸も整うと、静かにつぶやいた。

「俺、逃げない奴になりたい」

隼人はユージの方を向いて、先ほどより強く言った。

「ユージ、どうやったら逃げない奴になれる？」

ユージは、隼人の言葉に反応した。

「逃げないヤツ?」

「そう。逃げない強さを持ちたいのに、俺はダメだ。恐くなるとすぐ逃げ出しちゃう。どうしたらいい?」

「ユージー、隼人が言ッテル『逃げないヤツ』の意味がよくわからない。どうしてそう思うようになッタノカ聞かせて?」

隼人は、今日、起こったことをユージに説明した。もちろん、円花の名前を出す必要はないと思ったので、その部分は「ある女の子が」という説明に留めておいた。

「ナルホド。ユージー、その女の子の言ってる『逃げない』の意味ワカッタ。隼人が言ってる『逃げない』の意味とチョット違う」

「どういうこと?」

隼人は身を乗り出した。

「お腹を空かせたライオンの群れに、一人で囲まれタラ、隼人はドウスル?」

「そりゃ、逃げるでしょ」

「ソノトキ、俺はすぐ逃げるからダメだって思う?」

隼人は首を振った。

「デショ。そういうのを、自分に負けるとは言わない。無理して戦ウコトだけが賢い選択肢ではない。何でもカンデモ、逃げちゃダメではない。逃げなきゃダメなときもアル。それにもカカワラズ、隼人が悔しい思いをしているのは、一人のときと、ダイジナ人と二人のときでは、ドウスルべきかが変わるから」

「大事な人と二人……」

「お腹を空かせたライオンの群れに、ダイジナ人と二人で囲まれたら、隼人はドウスル？」

「それは……」

隼人は、自分が犠牲になって時間を稼いでいる間に、大事な人を逃がす……と答えたかったが、そうは言えなかった。実際に自分がとった行動はむしろその反対。自分を守ることに必死で、円花のことにまで気が回らなかった。自分を守るために、彼女を犠牲にしたと言われても仕方がない行動でしかない。

「隼人が言ってる『逃げない人』は、ソンナトキに、自分が理想としている行動をトレル強さを持った人という意味。チガウ？」

「そう……だと思う……」

「デモ、その女の子が言ッテル『逃げない人』は、やらなきゃいけないことから逃げない人っていう意味。危険なときに逃げない人じゃない。やらなきゃいけないことから逃げる人は、夢カラモ逃げる人。そんな人は嫌いだって言ッテル」

「そんなのどっちだっていいよ。俺は、とにかく逃げない強い男になりたい。何をやれば強くなれる？」

「隼人が本当にそう思っているのなら、ユージー隼人の先生ニナル。そして、隼人が逃げない強さを身につける手伝いする。ドウ？」

隼人は、ゆっくりと決然とした表情でうなずいた。

「ユージ、頼むよ。これから君は、俺が逃げない強さを身につけるための、手伝いをしてくれる先生だ」

「わかった。ユージー先生ニナル」

「で、まずはどうすればいい？」

隼人の問いに、ユージはしばらく止まっている。おそらくいろいろな情報にアクセスして、答えが導き出されるのを待っているのだろう。

「まずはどんなことも、人のセイにしない。自分の責任だって思うこと」

「え？」

隼人は、拍子抜けしたようにユージを見つめたあと、見る見る表情が曇っていった。

「ちょっと待ってよ。ユージは、将士が俺にしたことは、将士が悪いんじゃなくって、俺が悪かったたって言うの？」

ウィーンという音をさせながら、ユージは首を横に二度振った。

「ドチラが悪いかは考えていない。でも、人のセイにしても状況はよくならない。それよりも、自分の責任だって考エタ方が、早く幸せになれる。今だって、隼人は相手を変エヨウとしたんじゃなくて、自分を変えて今の状況を何とかシヨウとした。それってとてもイイコト」

「だからって、将士のせいだと思わないなんてできないよ」

「あいつのセイだと思わない未来を想像スレバイイ」

「はあ？　意味がわからない」

「隼人が考える、強い人、逃げない人にナレタ未来を想像してみて。ドウ？」

「ん？　そりゃあ……気分いい……かな」

「モット、ちゃんと想像してみて」

隼人は面倒くさそうにしながらも、ユージの言う通り想像してみた。

想像の中の隼人は、円花のことを守る強さも、嫌なことから逃げない強さも持っていて、円花が隼人のことを頼もしげに見つめている。

「うん。超いい感じ」

「これからそうなるんだけど、実際にそうなったとしたら誰のオカゲか考えてみて」

「それは……自分が頑張ったからじゃないの？」

「モチロン、隼人が頑張らないとそうはなれない。デモ、将士くんがいなければそんなことやろうと思わなかった。チガウ？」

「まあ、そうかもしれないけど……」

隼人は憮然《ぶぜん》とした表情で言った。

「ということは、そうなったら、将士くんのオカゲ。隼人の人生において、そういうキッカケをモラウために将士くんと出会った」

「そんな……」

隼人の反論をかき消すようにユージは話を続けた。

「あいつのせいだと思わない未来を想像するっていうのは、『将士くんのオカゲで、今の自分になれた』って未来が来るのを想像するっていう意味」

「そんな風に考えられないよ……」

「最初は難しいカモシレナイ。でも、いつかそういう日が必ず来る。忘レナイデ」

ユージは一旦話を切って、仕切り直すように別の方法を提案した。

「今は、怒りを自分を変えたいと思う原動力に変えてる。ソレデモいい。トニカク、今の自分を取り巻く状況は、自分が変わるコトデ、変えることができるという事実に目を向けること大事」

「自分が変わることで、取り巻く状況を変えることができる……」

隼人は繰り返して言ってみたが、やはり、何となく半信半疑ではある。

「大人でも自分の責任にできない人多いから少シズツできるようになればいい」

「大人でも？」

「そう。自分に起こるアラユル不幸を、自分ではない誰かや、何かのせいにして生きている人がイッパイ。

あいつのせいで、親のせいで、上司のせいで、会社のせいで、社会のせいで、時代のせいで、国のせいで……寝テモ覚メテモ、自分が今こんなに苦しいのは、自分ではない誰かのセイだと考えて、日々それに対して愚痴ったり他人や状況を変えることにチマナコになってる。

でも、それをやっても、これっぽっちも幸せに近ヅカナイ。むしろ、文句や八つ当たりは増える一方で、ドンドン不幸になる。隼人の人生がそうならないようにスルタメにも、まずは『自分の責任だ』と思うところから練習スル。それは、出会った人や出来事のおかげで今よりも強くなれた未来を想像して、実際にそうなるということ」

「じゃあ、今日みたいな状況になったのは、自分に責任があるとしたら、俺は何が悪かったたって言うの?」

「それは、隼人がモウ知ってる。知ってるから、さっきユージに言った。確かに将士くんがやったことは、隼人から見るとやって欲しくない嫌ナコトだったけど、隼人に逃げない強さがもともとあったら、今の状況は生まれなかった」

「そうだろうけど……」

隼人はふて腐れたように言った。

「納得いかないことがあるにシテモ、一歩踏み出そうとした隼人はスゴク成長した。それはとてもスゴイこと。本当にそう思う」

「わかったよ。で、自分に責任があるとわかったらどうするのさ」

「逃げない強さを身につけるために、マズハ、『勉強』という道具を使って逃げないこと学ぶ。それ大事」

「ちょっと待ってよ。将士から嫌なことを言われるのと、勉強って関係ないだろ」

「関係ある」

「あるように思えない」

隼人は頑《かたく》なにユージの言葉を否定した。

「逃げない強さを身ニツケルために、夢から逃げないことが大事だって言ッタラ、ドウ？」

「ちょっと待ってよ。俺は、勉強からは逃げてるけど、自分の夢からは逃げてないよ」

「隼人の夢は何？」

「俺の夢？……それは、サッカー選手になること……かな」

隼人は少しためらいながら言った。

「ドンナ？」

「どんなって、そりゃあ、すごく活躍するサッカー選手だよ」

「ドンナ活躍？」

「え？　ユージ、結構うるさいなぁ。日本代表とかになれるような活躍だよ」

ユージはまた何かを考えているように首をかしげたまま止まっている。中ではディスクが回転しているような音が続いている。

「今の日本代表の選手、一番若い人から一番のベテランまで年齢差が何歳か知ッテル？」

ユージの唐突な質問に、隼人は思わず目を見開いたが、すぐに頭の中で自分の知っている日本代表のメンバーを思い浮かべて言った。

「一番上が三十三歳で一番下が二十二歳だから、十一歳かな……」

ユージはまた止まって考えている。隼人は少しイライラして言葉をぶつけた。

「何だよ、ユージ。大きな夢を持っちゃダメなの？　それとも、俺には無理だとか言うんじゃないだろうな」

ユージはいつものように、少しだけ首を動かして隼人を正面から見据えた。

「大きな夢を持てって言われて、それを語るのは簡単。でも本当にそれを実現しようと思ったら、結構大変。夢は大きいほど、やる気が出ルッテ言う人がいる。実際そういう人もいるのも事実。でもそれ、逆の人の方が圧倒的に多い」

「逆？」

「そう、逆。夢が大きいほど何もしない。ソレなのに、『大きな夢を持った方がいい』と考えてるのは、隼人が目標としている選手たちが、そう言っているから。チガウ？」

「いまいち、ユージが言ってる意味がわからないんだけど……」

「次の日本代表の大事な試合に出場するって夢を実現できる人は、日本で何人？」

「十一人」

「彼らは、みんな小さい頃からずっと、それを夢見て諦めないで頑張ってきた人たちダヨネ。だから、共通した一つの成功法則を持っている」

「共通した一つの成功法則？」

「大きな夢を持ち、諦めなければ夢は叶う」

「確かにみんなそう言うけど……」

「自分にとって、それは正しい法則ナノデ、子どもたちにも、それが大事ダッテ伝える。そこで、次に考えてみる。同じ夢を見ていた人は何人いると思う？」

「日本代表で試合に出るって夢？」

「そう。その姿を一度は夢見たことがあるケド、叶えられなかった人はどのくらいイルト思う？」

「ええ？　わからないけど……一万人くらい？」

「ユージーにも正確な数字はわからない。でも、概算ナラできる」

「概算？」

「オヨソノ数。概算はきっと隼人の将来にも役立つ。一緒にやってミル？」

「ああ、いいよ」

隼人は、やる気がある訳でも、ない訳でもなく、何の気なしに答えた。

「全国に中学は何校あるか調べて……」

ユージは、丸いテニスボールの手を、隼人の机の上に置いてあるスマホの方に向けた。

隼人は、促されるままに、スマホを手にすると「全国の中学校数」を検索してみた。

「平成二十六年で……10、557だって」

「概算は、ダイタイいくつって考えればいいから……」

「じゃあ、10、000校だ」

「隼人の学校のサッカー部は何人?」

「うちは、三十四人だから……だいたい三十人」

「それは、他の中学校と比べて多い方?　少ない方?」

「う〜ん……多くも少なくもないと思う」

「ということは、平均と考えてイイネ。日本の中学生でサッカーをしている人はダイタイ何人いることになる?」

「だいたい……えーと、三十万人」

「同じようにして、高校も想像してみて……」

隼人は、先ほど調べた文部科学省のホームページから、高校の数を見た。4、963校あった。

「だいたい5、000校で、同じように部員が三十人いたら十五万人」

「中学から、高校に上がったときにサッカー人口が約半分になっている計算だね。ということは、小学生は何人くらいサッカーをヤッテタと予想できる?」

「俺の周りにも、小学校のときはやってて、中学になったらやめちゃった奴が……」

隼人は、指折り数えた。

「うん、やっぱり半分くらいはやめちゃったから……小学生の方が多いってことか。ってことは、二人に一人がやめたとして、だいたい六十万人かな……」

「ということは今の小中高校生で、サッカー選手を夢見ている人は……」

「百五万人！　だから……だいたい百万人？」

「概算ではそうなるネ。一度でも夢見たことがある人となるともっと多くいそうだよネ。今の高校生も小学生のときには六十万人はいたと予想できるカラネ。デモわかりやすいから、今サッカーをしている百万の人たちで考えてみるよ。十五年後、この小学一年生から高校三年生までの層が、二十二歳から三十三歳になったとき、この中から十一人がスターティングメンバーに名を連ねるとする。ということは、残りの９９９、９８９人は……」

「途中で夢を諦めてるってこと？」

「その割合は、99・９９８９％」

「ほぼ、無理ってことじゃん！」

「そこで考えて。諦めなければ夢は叶うって言葉は正シイ？」

隼人は首を横に振った。

「そう。ムシロ諦めた人がたどり着ける場所ではないといった方が正シイ」

「う～ん」

隼人は腕組みをして考え込んでしまった。

これまで、漠然と将来の夢を「サッカー選手」と考えていた。

もちろん、どこまで本気だったか自分でも怪しいもんだが、それでも自分が憧れている選手たちも口々にそう言っていたから。諦めなければ夢は叶うと思っていた。取り立てて人一倍の努力をしていた訳でもないが。

でも、考えれば考えるほど、自分には無理な遠い世界に思えてくる。これほどたくさんの、同じ夢や目標を持つ人たちの中で、諦めさえしなければ、その夢が叶うなんて、そんな甘い世界じゃない。何といっても百万人の中の十一人だ。確率でいうとゼロに近い。

「概算は、夢を諦めるためにやったんじゃャナイヨ」

隼人は、ハッとして我に返った。ユージは、汗の成分や表情筋の動きで、人の感情を読み取ることができるのだった。

「ダイタイどれくらいの割合で、目標としている場所にたどり着ける人がいるかがわかったところで、今度はどんな人ナラそこにたどり着けるかを考えてみよう」

「そりゃ、才能ある人でしょ」

「才能さえあれば、必ずその夢が叶うと思う？　逆に誰よりも才能があるのに、そこにたどり着けない人だっているカモ。大事なのは才能じゃない。他にも、なくてはならないものたくさんある。それ考えると、何をすればその十一人になれるか道が見えてくる」

「そりゃあ、誰よりもたくさん練習して、サッカーの勉強をして……」

「ソレで十分？　例えば、日本の選手が海外のクラブで活躍できない原因の一つに、語学の問題があることを知れば、外国語の習得も欠かせない要素と言えるし、選手としての寿命を長くするためには、身体のメンテナンス、食生活の管理なども欠かせない……」

「確かに……」

「見えてきた道は、険しそうだけど、ソレデモ挑戦したいと思う？」

ユージは、無言の隼人を見つめてから、話を続けた。

「大きな夢を持つということは、多くのやるべきことと出会う人生を選ぶということダヨ。その覚悟なしに、夢だけ大きく持っても、必ず途中で逃げ出しちゃう。それこそ、『概算』をしただけでそこに行くための道を考えるのではなく、まだ一歩も踏み出していないのに諦めたり。道を考えることができたとしても、その道がかなり苦しそうだということがわかって逃げる。隼人、大事なのは、それでもやるという覚悟」

「覚悟……」

隼人は自分に言い聞かせるように言った。

「夢を持つと、やらなきゃいけないこと生まれる。大きな夢なら、たくさんのやらなきゃいけないこと。小さい夢なら、チョットだけ。子どもは、やらなきゃいけないことは、誰かが決めて、自分のもとにやってくるって思ってる。でも、ちょうど今の隼人くらいの年齢から、やらなきゃいけないことは自分が作り出してるってことに気づき始める。隼人もできるだけ早めに気づいた方がいい」

「サッカーの話はわかるけど、勉強の夢なんて持ったことないのに、やらなきゃいけないことがたくさんあるじゃん。サッカーと勉強は違うでしょ」

「それは、隼人が今までは子どもだったから。実際にはこう。結局、これまでのやらなきゃいけないことも同じ。夢があって、それを達成するために生まれたもの。ただ、その夢は自分で決めた夢ではなくて、隼人の親が決めた夢。例えば、大人にナルマデ虫歯のない綺麗《きれい》な歯でイサセテあげたいという夢が、真由美にはあった。だから、隼人は歯を磨かなければいけなかった。その夢は、隼人が自分で考えて持った夢じゃない。デモコレカラは自分で決めていく。もし、隼人が大人になって、歯が虫歯でひどいことになってもかまわないと思うのであれば、隼人の毎日の中から、『歯磨き』というしなければならないことが消エル。勉強も同じ」

隼人は少し考える仕草をした。

「じゃあ、勉強しないって自分で決めてもいいってこと……？」

ユージはうなずいた。

「モチロン、隼人がそう決めるのなら、それでいい。

さっきの歯磨きと一緒。その大切さをしっかりと理解した上デ、それでもいらないと判断するならやめてもいい。それ、自分の人生。でも、やめることで起こることも自己責任。勉強をやめるってことが、自分の未来にどういう意味を持つのかということを知らないのにやめるのは危険」

「危険？　何が」

「答えは前にも話した。勉強しないって決めても、将来隼人は困らない。困るのは、将来隼人の周りにいる、隼人の大切な人たち。でもそのことは、経験して自分で学ぶしかない。勉強をすることで、手に入るものが何かを経験する。その上で、それが自分の人生でいるかいらないかを判断する。それを経験しないと、捨てていいものかどうかわからない」

「もう、六年も経験してきたよ。まだ足りないの？」

「何年経験しようトモ、必要なものを手にしたことがないから、判断のショウがない」

「勉強をすることで手に入るものが何かが、俺にはわかってないってこと？」

「まだ、何も手に入れてないからね」

「う～ん……じゃあ、どうやったら手に入るものが何かわかるの？」

ユージは一瞬止まって、右手を差し出してきた。

隼人は、何だか指を差されているような気がした。

「それは、やらなきゃいけない最低限を超エルしかない」

「ええ！」

隼人は明らかな拒絶反応を示した。

「そんなの、損じゃん」

「ソン？」

「そうだよ。それ以上やる必要がない勉強をやるなんて、時間の無駄でしょ」

「逆だよ隼人。やらなきゃいけない最低限を、超エナイなんて損シテルよ」

「はあ？」

隼人は、こいつは何を言ってるんだ？　とでも言いたげな表情をユージに向けた。

ユージは、相変わらずの無表情で、隼人のことを見つめ返している。

先ほどから、ユージが話している内容は、隼人が考える常識とは反対のことばかりだ。

MAYUMI　20XX/07/20　23:31
宛先:k_tsukiyama@XXXXXX
件名:何とか1学期終了です。

幸ちゃん

明日から夏休みです。
隼人はよく我慢して、学校に行ってたよ。
でも、きっと今日も何か嫌なことがあったんだろうね、
部屋で泣いてるみたいだった。
本当は学校の先生に相談するとか、
相手の親に話しに行くとか、
親として何かしてあげた方がいいんじゃないのか……って迷いもあるけど
それでも明日から夏休みだから
しばらくは様子を見ようと思います。

この前の幸ちゃんからの返信の中にあった
「親が子どもの強さを信じて待ってあげた部分だけが子どもの伸びしろだと思う」
っていう言葉、すごく感動したし共感した。
でも、子どもの強さを信じて
苦しみを自分で乗り越えるのを見守るって
考えている以上に大変なことだね。
こっちが泣けてきちゃう。
でも、私たちの親とかもそうやって、見守る苦しさを経験したのかもしれないね。

そう考えると、隼人が自分で乗り越えようとしているときに
私が泣いてる場合じゃないって思います。
助けが欲しいときはいつでも動いてあげられるように
アンテナだけはしっかり敏感にしておこうと思います。

真由美

最低限を超えろ

隼人は部活の準備を整えると、学校に向かって自転車を飛ばした。

夏休み初日、部活は朝八時から始まるのだが、時刻はまだ六時四十五分。

ユージは、

「勉強にしても、何にしても必要最低限を超えないと損だ」

と言ったが、隼人にはどう考えてもそっちの方が損をしているようにしか思えなかった。

「何でだよ」

と何度か問いただしてみたが、ユージは
「やってみるとわかる」

としか言わなくなった。

そこで、まずは部活でそれをやってみるということになった。勉強よりはずっとやる気が出る。

部活は八時からなので、それに間に合うように行っていれば誰にも文句を言われない。

隼人は、将士と顔を合わせる時間をできる限り短くしたい一心で、八時ギリギリに着くよう

に家を出るつもりでいたが、ユージが、

「こういうときこそ、必要最低限を超えるチャンス。七時に行くといい」

と言って、隼人の反論を聞かなかった。

結局、うやむやのままに寝たのだが、朝六時に、ユージにたたき起こされて、

「隼人、逃げない強い人になる。だから必要最低限を超えてみる。約束」

と朝から先生として張り切っていた。

隼人は仕方なく、ベッドから起き出して支度をして家を出た。

真夏の朝、自転車を漕ぎ始めると気分はよかった。若干、将士のことが気にはなるが、こんなに早い時間に集団で将士たちが行動しているとも思えないし、この時間なら部室で顔を合わせるということもないだろう。

学校に到着した隼人は、自転車置き場に自転車を投げ入れるように止めると職員室に向かった。きっとまだ誰も来ていないだろうから、部室の鍵をもらってこないといけない。

職員室に向かう途中、鍵をもらえるのは七時三十分からだったことを思い出して、

「しまった！」

と舌打ちしたが、校舎の玄関が開いているところを見ると、誰かはいるのだろう。

運良く職員室には、七時前だというのに教頭の浅井先生がすでに学校に来ていて、鍵を渡してくれた。

「ありがとうございます」

元気よく礼を言うと、浅井先生は嬉しそうに笑顔を見せてうなずいたあとで、

「朝一番に、元気なあいさつがもらえると、いい一日になりそうですね。ありがとう」

と言ってくれた。

隼人は、教頭先生の言葉に嬉しくなったのと、昨日のユージの言葉、

「必要最低限を超えてみる」

を思い出して、そのまま立ち去る前に一言だけ、

「僕も教頭先生が、こんなに早くからお仕事をされているので驚きました。教頭先生がいてくれなければ、あと三十分以上待たなきゃいけませんでした。ありがとうございます」

と言ってから、礼をして職員室を出た。

誰もいない部室で着替えて、たった一人でグラウンドに出て、ボールを蹴る。

一人でできる練習は限られているが、リフティングをして、ドリブルの練習をして、シュートをしてはそれを取りに行く。まだ気温は上がりきっていないとはいえ、それだけの練習ですでに汗が噴き出てきた。

これだけ広いグラウンドを独り占めして練習できるというのは、それだけで特別な爽快感があった。

隼人は、憧れの先輩が得意とするフェイントの練習を始めた。

自分にはできない技だが、この機会に何とかマスターしたい。

「築山か……」

そのとき、隼人は部室の方から歩いてきた一人の先輩に声をかけられた。夢中でフェイントの練習をしていた隼人は、声をかけられるまでその存在に気づかなかったが、それはキャプテンの藤倉正浩《ふじくらまさひろ》だった。

「おはようございます。藤倉先輩」

「おう。お前、早いな」

隼人にしてみれば、藤倉が誰よりも早くに来て練習をしていることの方が意外だった。

「ちょうどよかった。相手してくれよ」

藤倉はそう言いながら、自分の持ってきたボールをインサイドで蹴って、隼人に転がした。

隼人は、反射的にそれを同じようにインサイドで蹴って藤倉に返した。

二人はしばらくパスの練習をして、次に藤倉のシュート練習のためのボール出しを隼人がして、そのあと一対一をした。隼人がボールをキープしているときは、あっという間に藤倉にボールを取られてしまうが、藤倉がキープするボールを、隼人はなかなか取ることができなかった。

「遠慮するな。もっと本気でぶつかってこい。そうしないと俺も練習にならないから」

藤倉のその言葉に、隼人はうなずくと、激しく当たってボールを取りに行った。

「おおっ。そうそう、その調子」

藤倉は嬉しそうにボールを扱いながら、隼人をかわしていく。隼人も、すぐに振り切られないように身体を当ててそれを奪おうとした。

気づくと、七時四十分になっていた。他の部員たちもぞろぞろとグラウンドに出てきて、思い思いにアップをしたり、話をしたり、パスをしたりしている。

結局、隼人は七時五十分まで、藤倉と二人で練習をしていた。

「よし、築山。つきあってくれてありがとうな。一旦、水分を補給しておけよ」

「いえ。俺の方こそ、ありがとうございます」

「俺いつも一人でやってるんだけど、今日は本当にいい練習ができたよ。お前のおかげだな。また来いよ。一緒にやろうぜ」

「でも……俺でいいんですか？」

隼人は、二年生を差し置いて一年生である自分がキャプテンと一緒に、早朝の自主練をすることに気がひけていた。

「かまうこたねえよ」

藤倉は、隼人の心の声を読んだのか、笑顔でそう言った。

「わかりました。また来ます」

「おう。頼むな。そうだ。お礼に、さっきお前がやってたフェイントのコツをあとで教えてやるよ」

「あ……はい。お願いします」

隼人は嬉しそうに微笑んで、頭を下げた。

隼人が下げた頭を上げたときには、すでに藤倉は歩き出していて、

「集合！　整列」

と全体に向かって号令をかけていた。

隼人は慌てて、ゴールポスト横に置いておいた水筒のお茶を飲むと一年生の列に駆け寄った。

典明も、周りの一年生もみんなが隼人のところに寄ってきて、どうしてキャプテンの藤倉と一緒に練習をしていたのかを聞きたがった。

練習が始まったとき、将士の姿はなかった。

★

「それで、他にはどんなことが起こった？」

ユージの問いかけに、隼人は興奮しきった状態で話を続けた。

「最後にやるミニゲームで、先輩が二人来ていなかったから、一年生から二人選ばれてレギュラーチームに入ることになったんだけど、その一人に俺が選ばれたんだよ」

「それは、スゴイネ」

「だろ。キャプテンの藤倉先輩が呼んでくれたんだ。アシストまで決めたんだよ」

隼人はベッドの上で飛び上がりながら、そのときの状況を実演して、ユージに見せた。

ユージは、右へ左へと飛び跳ねながら説明する隼人をせわしなく目で追っている。

一通り飛び跳ねると、隼人はベッドに大の字になって天井を見上げた。その表情は、昨日の夜とはうって変わって明るいものになっている。

「やらなきゃいけない最低限を超えてみた一日はどうだった?」

ユージは、隼人のことをのぞき込むようにして声をかけた。

「まあ、楽しかったけど……」

隼人は、ユージの言った「必要最低限を超えないと損だ」という言葉を、身を以《もっ》て実感したのだが、「本当だった」と認めるのは少しシャクだったのと、今日一日たまたまいいことが起こっただけかもしれないし……との思いが脳裏をよぎり、素直になれなかった。それに、「自分の好きなサッカーではね」という思いが強い。

それでも、必要最低限を超えたところに「楽しさ」があるというのは、確かにそうだろうと直感的に感じることができた。

今日だって、あんなに早く練習に行く必要はなかったのに、誰よりも早くグラウンドに出ただけで、何だか楽しい気分になったし、思いがけない藤倉との出会いもあった。

「その楽しさ、偶然ジャナイ。やらなきゃいけない最低限を超えたとき、必ず、それをしなければ得られない楽しさある」

「そんなもんかね……」

隼人は、仰向けのまま、両手を頭の後ろに回して、足を組んだ。

「どんなことでも、やらなきゃいけないことを超えたところから楽しくなる。勉強がつまらないのは、それを超えたことがないから。だからそれを超えないのは損。それに、そこを超えたところに、隼人の人生にとって大切なものが全部ある」

「大切なことが全部？　ユージ、大袈裟じゃない？」

「オオゲサじゃない。サッカーだけじゃない。何でも同じ。やらなきゃいけないことを超えたところに、何もかもがあるのに、その手前でやめてしまうのは、本当にモッタイナイこと。ズット走ってきたマラソンをゴールの手前数メートルで棄権するようなもの」

隼人は、ちょっと身構えて、横目でユージを見た。

「どうせ、だから勉強しろって言うんでしょ」

ユージは、少し考え込むように固まった。

「むしろ反対。だからただ勉強しても意味ない」

「ええ？」

隼人は混乱してきた。

「勉強しても意味ないってどういうことだよ」

「必要最低限を超えない勉強を、何時間続けても隼人の人生の財産にはならない。それ、誰かにモンクを言われないことだけが目的になってるけど、そのために人生の大半の時間を使うのもったいない」

「やりたくない勉強を、必要ないところまでやる時間の方がもったいないような気がするんだけど」

隼人は、反論した。

「ちょっと待って……上手な説明探す」

ユージはそう言うと、また動きを止めてカリカリ音をさせながら考え込んだ。

隼人は上体を起こすと、ベッドの上で壁を背にして枕を抱えたまま座り込んだ。

やがてユージは、一つの答えにたどり着いたのか、小刻みに上体と足を動かしながら方向転換をして隼人に正対した。

「ユージー、隼人に五十万あげる」

「はぁ?」

「ユージーが五十万あげるって言ったら、隼人どうする?」

「そりゃ、もらうけど」

「でも条件が、二つある」

「条件?」

隼人は眉間にしわを寄せた。

「そう。一つは一年で使い切ること。貯められない」

隼人は、余裕の笑みを浮かべた。

「使い切るのは自信ある」

「もう一つは、何に使ったかユージーに全部報告すること」

「………」

隼人は、ユージの説明をしばらく待ったが、それで終わりのようだった。ものすごく実行が困難な条件を提示されるのではないかと思っていた隼人は少し拍子抜けした。

「それだけでいいの？」

ユージは、ゆっくりとうなずいた。

「使い切ることと、何に使ったかを報告さえすれば、五十万くれるの？」

ユージはもう一度ゆっくりとうなずいた。

「何に使ってもいいの？」

「何に使ってもいい。モンクは言わない」

隼人の表情が明るくなった。

「だったら、もらう」

「話はココカラ。もし本当にそれをやったら、隼人の報告を聞いて、ユージーはそれを三つに分類して隼人に教えてあげる」

「三つ？」

「そう。隼人が五十万を何に使ったかを大きく分けると、消費・浪費・投資の三つに分類される」

「消費・浪費・投資……」

隼人はオウム返しに繰り返した。

「消費は、生活する上でドウシテモ必要なもののために使うこと。浪費は、なくてもいいものなのに使っちゃう、イワユル無駄遣い。そして、投資は、今のためじゃなく未来の自分のためになるように使うこと。今の自分のことだけ考えると、消費と浪費に全部使えばいいけど、そうすると将来の自分が受け取るものは何もなくなる。そのバランスを考えられるように、ユージーがアドバイスをして、次の五十万をどう使うか隼人が自分で考える」

「次ももらえるの？　ホントにタダでもらえるんなら、真剣に考えるけどな」

「ホントにもらえる」

「え？」

隼人は驚いて聞き返した。

「ホントに五十万くれるの？」

「ユージーからじゃないけど、もらえる。これまでもズットもらってきた」

「どういうこと？　誰がくれるの？　これまで？　今まで誰もそんなのくれたことないけど……」

「五十万は、単位が『円』じゃない」

「は？」

「ユージー、五十万あげるって言ったけど、五十万円あげるって言ってない」

「じゃあ、単位は何なの？」

「単位は『分』」

「分？」

隼人は、拍子抜けしたような声を出した。

「一年間は三百六十五日。一日二十四時間。一時間は六十分。全部かけ算をすると……」

ユージの胸のタブレットに数字が表示され、隼人がそれを読み上げた。

「525、600」

「そう。人間は一年生きると、みんな平等に五十万分をもらっている。時間は貯められないから、ソノッド使い切っていくしかない。そして、その使い方は、消費や浪費、そして投資に分類できる。どれも生きていく上で必要な要素ではあるケレドモ、バランスを考えずに、今の自分の欲求を優先させると、消費と浪費ですべて費やしてしまう。でもそれでは将来得られるものが無くなってしまう。だから、『投資』の時間をしっかり持つことが大事」

「なるほどね……」

隼人もここまでの話は納得できる。そして、そのあとユージが何を言いたいのかも何となくわかってきた。

「で、問題はその先。『投資が大事だ』とわかったときに、ダカラどうすると考えるか……」

「わかってるよユージ。要は、勉強しろってことだろ。勉強しないと将来困るって言いたいんでしょ」

ユージは、音を立てながら首を横に振った。

「そうじゃない。勉強しなくても、隼人は将来困ったりしない。逆に勉強したって、将来困ることある」

「今、そう言ったじゃない」

「そうは言っていない。投資をしないと、将来得られるものが無くなってしまうって言った。勉強しないと将来困るとは言ってない」

「同じことじゃん」

「同じじゃない」

「んもう……わからん」

隼人は抱えていた枕を投げ上げて、ベッドに横になった。

ユージはそれに合わせて、首と上体を傾けた。

「隼人がワカリニクイの当然。隼人だけじゃなく、みんな勘違いする。この話すると、ほとんどの人が、自分の時間の使い方を反省する。でも、じゃあ『投資』って何って考えたときに、いつも間違える。『勉強』しなきゃって」

「間違えてるの?」

「そう。だって『勉強』＝『投資』って誰が決めたの?」

「え?　勉強は投資にならないの?」

隼人は驚いて目を見開いた。

「じゃあ、何をやったら投資になるんだよ……」

「何をすれば投資になるのかを考えている限り、何をやっても投資にならない」

「はぁ?　じゃあ、何を考えればいいいんだよ」

隼人は少しイライラしながら言った。

「何をするかではなく、どうやるか」

「どうやるか?」

「そう、投資になる勉強と、ならない勉強がある。消費か浪費か、それとも投資かは、何をするかによっては決まらない。同じ『勉強をする時間』でも消費の場合も投資の場合もある。場合によっては、勉強をしている時間そのものが時間の浪費になっているってコトも。それを分けるのは『何をするか』ではなく『どうやるか』でしかない」

「そうなの……?」

隼人は、初めて聞く考え方に興味を示して上体を起こした。

「考えてミテ。世の中のほとんどの人が小中高と十二年間も朝から夕方まで学校に通って『勉強』するんだよ。勉強している時間がすべて投資になるんだったら、ほとんどの人が、将来手にするものが素晴らしいものになってもおかしくないね。でも、みんな同じ時間だけ『勉強』したにもかかわらず、将来手にするものがまったく違う。つまり勉強をしていたその時間が、浪費になっていた人もいれば、投資になっていた人もいるということ。だから同じ勉強をするなら、『投資』になるようなやり方をした方がいい」

「どんなやり方をしたら、投資したことになるの?」

「それはもう知ってるはず」

ユージにそう言われて、隼人は遠くを見るようにして考えを巡らせた。

「あ！」

「思い出した？」

「必要最低限を超えるってこと？」

ユージはうなずいた。

「隼人、これからも勉強する。その時間は浪費にも投資にもなる。どうせやるなら時間を無駄に使うのはもったいない。そっちの方が損」

隼人は腕組みをして、考え込んでいる。確かにユージの言う通りかもしれない。

「勉強だけじゃない。何をやろうとするときも必要最低限を超えようとした時間だけが投資にナル。つまり将来の財産にナルってコト、忘れちゃダメ」

MAYUMI　20XX/07/21　22:14
宛先:k_tsukiyama@XXXXXX
件名:出会いで人は変わるんだね

幸ちゃん

今日から隼人は夏休み。
朝早くから部活に行って、午後には帰ってきて
ずっと家でユージと話をしていたみたい。
機嫌はよさそうです。

部活で、キャプテンと二人で練習できたのが相当嬉しかったらしく
明日も今日より早く行くから朝ご飯よろしくって、張り切ってるよ。

それにしても
ここ数日隼人を見ていて思うのは
出会う人で、子どもはこんなにも変わるんだってこと。

中学生になってできた友達と毎日のように遊んでたのが一週間ほど前まで。
今は、その子たちと上手くいかなくなって、
それと入れ替わるように
ユージや、藤倉先輩と出会って、一緒にいる時間が長くなってる。

その前後での隼人の変化を見ていると、
親が、無理矢理変えようとしても全然変わらない部分が、
新しい価値観をくれる人との出会いで、簡単に変わっていくのがわかるの。

きっと
何もかも親が教えようとするよりも
たくさんの人と出会って、その人たちから教えてもらった方が
子どもは成長するんだろうなって思える。

そのために、私にできることは
隼人が、素敵な大人や、新しい価値観を持った人と出会えるようにしてあげることかな。
それを幸ちゃんはやろうとしたんじゃない?
だとしたら、今のところとても上手くいっているね。
隼人は、ユージと出会って驚くほど変わり始めているから。

ありがとう、幸ちゃん。

真由美

楽しむコツ

隼人は、次の日も早朝に家を出て、部活に向かった。

前日よりも早い六時半に学校に着いたのに、この日も浅井先生は来ていた。

「本来は七時半からだからもう少し遅くに来なさい」

と注意されるかとも思ったが、浅井先生は快く迎え入れてくれた。

「おはよう。築山くん。今日も早いね」

「おはようございます。教頭先生も早いですね……夏休みなのに、先生がこんなに早くに学校に来ているとは知りませんでした」

「誰かが早く来て、花の水やりをしなきゃならないからね。学校にはたくさんの植物が植わっているだろ。夏場は特に気温が上がり切る前に水をあげないと、彼らが死んでしまうからね。彼らに呼ばれてる気がするんだよ。そうすると、早く行ってやらなきゃって思えてね」

「………」

隼人は、どう反応していいかわからず、とりあえず話を聞いていた。というのも中学生になってから四ヶ月がたつが、この学校にたくさんの植物があるということに気づいていなかったからだ。

「じゃあ……これで失礼します」

「はい。部活頑張ってください」

隼人は、浅井先生の笑顔に見送られながら職員室をあとにした。

校舎の正面玄関を出たときに、隼人の目に飛び込んできたのは、鮮やかな緑が茂った花壇だった。考えてみれば確かにここにあった。でも、先ほど教頭先生にその話をされるまで、その存在を気にかけることすらなかった。

よく見てみると、花壇はかなり広く、様々な木や花が深い緑色の葉を元気よく伸ばし、花を咲かせている。どの葉もキラキラ光っているのは、すでに水やりを終えたからだろう。たっぷり水をもらって嬉しそうだ。

「葉っぱが嬉しそうって……」

そんな風に感じた自分のことを、みんなが言うように「変人」だと感じた隼人は、自嘲《じちょう》気味に笑った。

「この時間に水やりが終わってるということは……」

隼人は、浅井先生がもっと早い時間に学校に来ていることに驚きながら、部室に向かった。

キャプテンの藤倉は、昨日よりも早めにグラウンドに現れた。

サッカー部員としてやらなければならない時間を超えた、この練習は、始めてからまだ二日目でしかないが、大きく隼人の実力を伸ばしてくれている気がした。サッカーに対する情熱も、部に対する愛情も、キャプテンとの意思疎通も、それまでの自分とは比べものにならないくらい大きく育っているのがわかる。

「ユージの言う通りかもしれない」

隼人は、部活の時間がこれほど充実したものになることに驚きながら、ユージが教えてくれることに対する信頼度が日増しに上がっていくのを感じた。

この日も、将士は練習には来なかった。隼人は少し安心したが、このままずっと来なければいいのに……ということを期待している自分と、問題を先送りすればするほど想像による恐怖が増幅する不安との間で心は揺れていた。それでも、サッカーに集中している間は、将士のことを気にかけることはない。

練習は十二時ちょうどに終わった。

各々《おのおの》このあと遊ぶ約束や、出かける相談をしているが、典明だけは、塾の夏期講習が始まったらしく、急いで帰る準備をしている。昨日も、あるグループから、

「典明も、一緒に遊ぼうぜ」

と誘われていたが、典明が苦笑いをしながら、

「ごめん。僕、これから塾があるから」

と言って断ったからか、今日は誰も典明のことを誘わない。

典明を誘っても、塾をサボって遊びに行く奴ではないということが、サッカー部の仲間の間ではイメージとして定着したようだ。

隼人はと言えば、昨日も今日も、遊びに誘われたりはしなかった。何となく、他の一年生たちから避けられているような雰囲気を感じたので、自分から、

「俺も仲間に入れて」

と言うこともしなかった。

結果として、この日も隼人は部活を終えるとすぐに家に帰った。

将士のこと以外で、隼人の頭の中を占めているのは、変な別れ方のままになってしまっている三澤円花のことだった。

ＬＩＮＥでメッセージを送ろうかとも思ったが、どんな書き出しで、どんな内容を送っていいのかまったく頭に浮かばない。

それに、何かメッセージを送るには、タイミングを逃してしまっている。

考え事をしながら、自転車を漕いでいるうちに、あっという間に家に着いた。

「ただいま」

「おかえり」

ユージは、やはりリビングでテレビを見ていた。みるみる言語が上達しているのがわかる。

「今日は、どうだった？」

「うん、やっぱり必要最低限を超えると『いいこと』いっぱいあるのは確からしいね」

ユージは首を横に振った。

「それは、たまたま。いいことがあるかどうかはわからない。でも、必要最低限を超えている

ときが投資の時間になっているのは間違いない。それに、そんな時間は気分がいい」

隼人は、うんざりした表情を作った。ユージは言葉のほんのちょっとしたニュアンスの違いを放っておかない。隼人の中では「いいこと」も「気分がいい」も同じような気がするのだが、ユージはそういう融通が利かないところがあるのを、隼人はすでに感じ取っている。

「わかった、わかった。そう、気分がよかった」

ユージは満足げにうなずいた。

「そろそろ、サッカー以外のことでも試してみる時期」

「わかってるよ」

隼人はこのあと、午後から勉強をしようと思っていた。昨日、ユージとその話をしたからというのもあるが、やはり円花のことが気になっていたからだ。

円花はハッキリこう言った。

「自分に負けて、勉強から逃げる人の方がかっこ悪い」

隼人は、何となく「お前だ！」と言われているような気がして、思わずこう返していた。

「俺が本気出したらやばいよ。二学期見てろよ……絶対……」

それを口だけじゃなく、「現実」にしなければ、円花の言う「自分に負けて、勉強から逃げる人」になってしまう。

「ご飯を食べたら、すぐに勉強しようと思ってたんだよ」

「ヤキソバが、冷蔵庫にあるからチンして食べてって、真由美が言ってた」

「それを早く言ってよ。もう、朝からずっと何も食べてないから、お腹が空きすぎて……」

隼人は早速、冷蔵庫に向かい、ラップがしてある皿を見つけると、それを電子レンジに入れた。加熱が終わるのを待ちながら、何気なくユージに聞いた。

「ユージは、お腹空かないの？」

「ユージーはロボット。お腹は空かない」

「まあ、そうだろうけど、何を燃料にして動いているの？」

「燃料はいらない。バッテリーが内蔵されていて電気の力で動く」

「でも、充電しているのを見たことがないけど、どうやって充電するの？」

「充電しない」

「えっ、じゃあ電池が無くなったらどうするの？」

「…………」

ユージは即答しなかったが、少し間を置いて、手を振りながら少し明るめの声色《こわいろ》で言った。

「電池が切れたら、サヨウナラ」

隼人は思わず絶句して、ユージを見つめた。隼人の心は動揺し、頭の中が真っ白になっていたのだが、出てきた言葉は、

「へえ……」

だった。

その瞬間に

「ピー、ピー、ピー」

という音が電子レンジから響き、隼人は我に返ったように、レンジの方に向き直って扉を開けた。熱くなった皿を鍋つかみを使って持ち上げ、ダイニングテーブルに持っていき、ラップを剝がした。焼きそばが湯気を立てている。湯気の向こうではユージがテレビを見ている。隼人はユージの横顔を見つめた。ユージは、言葉だけじゃなく、動きもテレビから学ぼうとしているのか、時折手や足を少し動かしながら番組を見ている。

「電池が切れたら、サヨウナラ」

ユージの言葉が、隼人の頭の中で何度も繰り返されていた。

★

学校から出された夏休みの宿題は、数学も英語もページ数を日数で割ると、一日あたり一ページずつ仕上げれば十分終わる量だ。とはいえ、他の教科の宿題もあるし、何もできない日もあるかもしれない。というわけで、まあ、今日は英語と数学を二ページずつでもやっておけば十分だろう。

机に向かって問題集を開きながらそんなことを考えているときに、ユージの言葉が頭をよぎった。

「そうか。必要最低限を超えたところまでやるんだったな……」

隼人は、意気込んで問題を解き始めた。

まずは予定していたところまでを仕上げるつもりだ。そこから先が、自分の財産になる部分だという。

宿題はいざ始めてみると思いの外はかどった。自分でもおかしいと思うのだが、「楽しい」と感じる瞬間さえあった。

それは、やらなければいけないことに対して、自分の意志で、逃げずにそれに向かっていることによる満足感だろうか。今、この瞬間は、誰かに「やりなさい」と強制された訳ではなく、言われる前に自分の意志で勉強をしているのだ。その違いは驚くほど大きいものだった。

「俺、今、逃げてない」

そう思うと、何だか気分がよかった。

予定していた二ページは、あっという間に終わった。時計を見ると、勉強を始めてから二十分しかたっていない。

いつもなら、

「はい、終わった！」

とペンを放り出して、スマホをいじったり、テレビを見に行ったり、遊びに出かけたりと、さっさと別のことを始めるのだが、今日は初めから覚悟を決めていたからか、

「ここからだ！」

と自分に言い聞かせて、次のページをめくった。

必要最低限を超えた勉強は、ユージの言った通り、サッカーと同じく、いや、もしかしたらそれ以上に自分を満足させる時間となった。

「どうせやるならもっと先取りして……」

という気持ちがドンドン湧いてきて、途中解きながら笑顔になっているのがわかる。

案外、自分は勉強が好きなのかもしれないと思うことすらあった。

結局隼人は、一時間をかけて数学の問題集を六ページ進めた。予定していた二ページを大幅に超える量だ。

「ふう」

一息つくと、同じ部屋に座っていたユージが、首を動かして隼人の方を見た。

「隼人、すごく集中してたね」

「ここまでやればいいってラインを、三倍くらい超えた」

隼人は誇らしげに言った。ユージは立ち上がると、机のそばまでやってきて、隼人が解いた問題集を見た。隼人は、「見てみろ」と言わんばかりに、自分が解いたページをパラパラめくってユージに見せた。

「気分はどう？」

「ん？　まあ、いいかな」

隼人は、ちょっと照れながらそう言った。

「量的に必要最低限を超えるだけじゃなく、質的にも超えたらもっと気分がよくなる」

「質的？」

「そう。やらなきゃいけないことの超え方は、ページ数、つまり量で超えるだけじゃない。質でも超えられる。例えば丁寧に字を書くとか」

「そんなの時間がかかってしょうがないじゃん」

「時間はかかっても、『これならギリギリ読める』って字を書いて仕上げるのと、『ここまで丁寧に書いたら先生はビックリするだろう』って字を書いて提出するのでは、全然違う」

「字なんて、読めればいいでしょ」

「そんなことない。字はその人が何を考えてそれを書いたかがとてもよく伝わるもの。綺麗じゃなくてもいいけど、丁寧に書いたものは、必ずその思いが相手に届く」

「それはわかるけど、時間がもったいないよ。できるだけ早く終わらせたいじゃん」

「目的を忘れちゃダメ。勉強をしている目的は、早く終わらせることじゃない。勉強をする時間が、自分の将来のための投資になっているというのが目的。だから、早く終わらせても、それが自分の財産になっていないのなら、やっていないのとあまり変わらない。『ドウセヤルナラ』って考えること大事」

「どうせやるなら……」

「そう。まずやるかやらないかを決める問題がある。でも、やると決めたら次は、そのやり方を、自分で決めることできる。そのときに、『ドウセヤルナラ……』って考えてみる癖が隼人の将来を変える。その先に、逃げない強さある」

「どうせやるなら……ねぇ」

「そう。もうやると決めていることは、ドウセヤルナラそれをやることによって、成長できるたくさんのことを手に入れないと、モッタイナイ。だから、やり方を工夫する方がいい。量的にも必要最低限を超えるのは大事だけど、質的に超えることもそれ以上に大事。それができると、勉強している時間はずっと、将来への『投資』になる」

隼人は、素直に「わかったよ」とは言えなかったが、ユージの言っていることにしたがってみようとは思っている。

そんな気持ちになったのは、もちろん、これまでユージが言っていることを実行してみたときに起こる心の変化が、あまりにもユージの言っている通りだったからということもあるが、頭の中に、

「電池が切れたら、サヨウナラ」

という言葉がどうしてもよぎるからということの方が大きかったかもしれない。ユージはほんの数日だけの家庭教師かもしれない。

「じゃあ、英語はそうしてみるか」

隼人は照れを隠すようにちょっとつっけんどんにそう言った。

「やらなきゃいけないことを、量的にだけ超えようとすると、ノルマをこなすまでの時間が消費になってしまうこともある。質的にも超えようとすることで、その時間をも投資にすること

ができる。それ、忘れないで」

「わかった、わかった」

隼人は、数学の問題集を閉じて、英語の問題集を開くと、

「よし」

と一つ気合いを入れて、問題に向き合った。

最初の一ページは、調子よく進んだ。自分でも驚くほど丁寧にアルファベットを書いてみた。

やっぱり丁寧に書いた分時間はかかる。そのたびに、

「面倒くさいなぁ……」

という気持ちが湧いてきそうになるのを、

「待て待て……どうせやるなら、だった」

そう何度も自分に言い聞かせて、気持ちを立て直していった。

「これを見た、英語の先生をビックリさせるつもりで……」

実際に想像してみると、思わず顔がにやけてくる。何しろこれまで、これほど丁寧に英語を書いたことなどないのだ。英語の先生は驚いて腰を抜かすかもしれない……というのは大袈裟にしても、何かしらの反応はあるだろう。

ところが、二ページ目にさしかかると、パタリと手が止まった。

数学と違って、苦手な英語の問題は、何を書いていいのかさっぱりわからない問題が結構ある。とりあえずいつもなら、飛ばして白紙のままにするところだが、円花の、

「逃げるの？」

という言葉が浮かぶと、簡単にそういうこともできない。

隼人は頭をかいた。

「ユージ、この問題わからないんだけど」

隼人は、ユージに助けを求めた。

ユージはいつもと同じように、まず立ち上がってから小刻みなフットワークを駆使して机に近づいてくると、問題をのぞき込んだ。

「隼人は、超能力者じゃない」

「え？」

隼人はユージの言葉に耳を疑った。何を言っているのかわからない。

「どういうこと？」

「問題文を読まないで、答えを出せるとしたら、それは超能力者しかいない。隼人がわからない問題の半分が、問題を読んでいないことが原因。読めばわかる。例えば、問二の問題なんてそう……」

「そんなこと。ちゃんと問題だって読んで……あ」

問題文を読み返してみると、確かに「例にならって」の部分を読み飛ばして解こうとしていた。もちろん、それでは何をしていいかがわからないのは仕方がない。

隼人はちょっとバツが悪そうに、

「これは、たまたまそうだっただけで、わからないのも結構あるんだって」

と言いながら、飛ばしていたその問題を解いた。

「残りの半分は、知識がないからできない」

「ほら。ほら。だから言ったじゃん。わからないって」

隼人は鬼の首を取ったかのように、ユージに向かって言った。

「でも、前のページの解説を読めばわかる。読めばわかるものを読まないでおいて、わからないって言い張るのは、子どもじみた言い訳。それ、わからないって言わない。面倒だから逃げたって言う」

「うう……」

隼人は心の中で「こいつ！」と舌打ちしながら、必死で耐えた。

「読んでもわからないよ。だって俺は英語が苦手なん……あ」

今度もユージの言う通り、前のページの解説を読めば、そこにある文章とまったく同じ問題でしかないことがわかった。

「多くの中学生は、勉強は教えてもらわなければできないって思ってる。でも、教科書も参考書も自分で読めば理解できるように作られているよ。考える前にすぐ誰かに聞くことでシラナイうちに自分の力で理解する能力を捨ててしまっているんだ。それは将来必要な生きる力を自分から捨ててしまっているのと同じ。自分でできることは自分でやる強さ大事。中学の勉強なら、何が何でも自分の力で完成させてやるって思えば、隼人にできない問題はないし、自分で調べようと思えば必ず答えにたどり着くことができる」

隼人は、それに対して返事をしないで、英語の問題の続きに取りかかった。

結局、数学と同じように、一時間を使って六ページをやり終えた。途中わからない問題や書けない単語があったけど、ユージを頼ることなく、まとめの解説文や、同じ単語が使われている問題を探したりすると、自分の力で答えを導き出すことができた。

「ふう……できた！」

隼人は晴れやかな表情でそう言った。

ユージは両手の軟式テニスボールを小刻みにぶつけている。ポフポフと小さな音が出ているが、どうやら拍手をしているつもりらしい。

「この調子でいくと、本当に二学期はめっちゃ成績上がっちゃうかも」

隼人は上機嫌だった。

「勉強から逃げずに、ドウセヤルナラって思いながら、質的にも量的にも、必要最低限を超え続けていけば、勉強する時間は隼人にとって、将来への投資になるだけじゃなく、その時間そのものが楽しい時間になる。ソレ人生を楽しむ秘訣。それを学ぶこと何より大事。成績は関係ない」

「成績は関係ないって……言いすぎじゃない？」

「隼人は最初、ユージーが何のために勉強してるかを聞いたとき、成績が悪くなると、サッカーをやらせてもらえなくなるからって言ってた。でも、それ本来の勉強の役割とは違う」

隼人は苦笑いをした。

「それくらいわかってるよ」

「じゃあ、勉強の本来の役割は何だと思う?」

「そりゃあ、いい成績とって、いい学校に行って、大学とかに行けば、将来の選択肢が広がって……将来困らないようにするためだよ。いや、自分もそうだけど、将来自分の周りにいる人が……」

隼人は、今までどこかで聞いたことがある説明に、ユージから学んだ言葉を加えて説明してみた。

「勉強しないと将来困るもウソだし、勉強すれば将来困らないもウソだよ。試しに、子どもの頃頑張って勉強して大人になった人に困ったことはないかを聞いてみるとイイよ。下手をすると、勉強をたくさんした人の方が困ったことが多いかもしれないよ」

「それなら、勉強なんてしない方がマシじゃん」

「そんなことない。勉強の本来の役割を考えると、やっぱりちゃんとやった方がイイって思える」

「だから、何なの?　その本来の役割って」

「こんな言葉があるよ」

ユージの胸のｉＰａｄに文字が表示された。

「君子の学は通ずるが為に非《あら》ず。窮するも困《くる》しまず、憂うるも意衰えず、禍福終始を知りて心

惑わざるが為なり　……　荀子《じゅんし》」

隼人は詰まりながらも、声に出して読んだ。

「何これ？　どういう意味？」

「君子というのは、立派な人とか、人格者という意味。立派な人になろうとする人にとって勉強というのは、出世をしたり、高い地位を得るためのものではないって言ってるんだ」

「それが、『君子の学は通ずるが為に非ず』……？」

「そう。次に、人生において追い詰められるような状況がやってきたとしてもたじろいだりしない……」

「窮するも困しまず……」

「そして、逆境に陥ったり自分に不利な状況が重なったりしても、やる気を失わないで……」

「憂うるも意衰えず……」

「嬉しいことや、苦しいことは、どちらかだけがやってき続けるワケじゃなく、いつも表裏一体で循環しているという人生法則を理解して、心があっち行ったり、こっち行ったりしないようにする……そのために勉強は使うんだぞ、という言葉なんだ。ドウ？」

「どう？　って言われても……よくわからないけど、そうならないようにするために、勉強するんだと思ってた」

「そうならないようにってどういう意味？」

「将来、追い詰められるような状況がやってこないように……とか、逆境に陥ったりしないように……とか、勉強しないと、そうなっちゃうよって言われてきたような気がするから」

「まさにその通り。たくさんの人が、勉強は、出世をしたり、より安定した仕事に就くためにするモノダと思ってる。同時に、そういう職業に就けたら、追い詰められるような状況や、逆境とか、自分に不利な状況を、回避できると。でも実際には違う。どれだけ勉強しても、追い詰められる状況はやってくるし、逆境だってやってくる。そんなことは、勉強をたくさんしてきた人に聞いてみなくても想像すればわかる」

「勉強しても将来困るなんて誰も教えてくれないじゃん」

「勉強をしてもしなくても、人間の人生には、いろんなことが起こるよ。ときには逃げ場がなく追い詰められるようなこともあるだろうし、逆境に陥ることもあるだろうし、何で自分ばっかりと思ってしまうような不幸な出来事が続くことだってある。ホラ、今の隼人みたいにね。それは、すべての人の人生に平等にある。だけどそのときに、たじろいで勇気をなくしてしまったり、心がヘナヘナになって力が入らなくなったり、絶望して明るい未来を夢見ることができなくなってしまったりしたら、それこそ生きていく気力すらなくしてしまう。そういうときこそ、心を強く持たないと幸せになんてなれない」

「そのために勉強がある……ってこと？」

「そう、そんなときに心が負けない、そんな人になるために、どんなときも心を強く、明るく、美しく保つために勉強はある。だから、どれだけ勉強ができて、いい成績を取って、いい高校に進学しても、『窮する』ことがあった瞬間に『意衰える』ような人のままなら、勉強の役割を果たしたことにはならない。だからユージー言った。逃げない奴になりたければ勉強から逃げない人になれって」

隼人の勉強に対する価値観は、この夏休みに大きく変わり始めていた。

そのことが自分でもわかった。

MAYUMI　20XX/07/22　21:58
宛先:k_tsukiyama@XXXXXX
件名:勉強頑張ってるよ

幸ちゃん

今日も隼人は、張り切って朝早くから
部活に行ったよ。

それに、帰ってきて
ユージと二人で勉強をしていたみたい。
すごいことだよね、これは。

あれだけ勉強をしたがらなかった隼人
が
夏休みに入ってから、真面目に勉強し
てるんだよ。
しかも、結構集中して長い時間やった
みたい。
ユージがそう言ってた。

本当に大きな変化です。
でも、私、もう一つ大きな変化を感じる
んだ。

何より、何だか隼人が優しくなった気
がするの。

実際にはユージが隼人に勉強を教え
てるから
ユージの方が先生のはずなんだけど
隼人のユージを見る目が
自分の本当の弟を見るような
そんな感じがするんだよね。

夏休みの滑り出しは予想外に上々で
す。

真由美

減り続ける時間

朝は誰よりも早く学校に行き、浅井先生から鍵をもらって、誰よりも早くグラウンドに出る。そこにキャプテンがやってきて二人で練習をする。全体練習が始まると、隼人は、二年生が中心のレギュラーチームに呼ばれて、大半の一年生とは違うメニューの練習をする。

部活が終わると、家に帰ってきて、ユージを隣に座らせて勉強。

夏休みに入って一週間もすると、そういう日常に隼人は随分と慣れていった。

英語も数学も学校から出された宿題は、最初の一週間で終わらせてしまい、やることがない。それでも、「どうせやるなら……」の精神に火がついた隼人は、宿題が終わったからといって、ここでやめてしまうのはもったいないというユージの提案を受け入れて、さらなる高みを目指して勉強する気になっていた。

七月最後の日、いつものように早朝の人気《ひとけ》のない通学路を自転車で飛ばしながら、学校に飛び込んだ隼人は、異変を肌で感じ取った。

「あれ……」

学校の雰囲気がいつもと違う。

よく見てみると、花壇がいつものような瑞々《みずみず》しさに満たされていない。

朝の水やりがまだなのだ。そういう変化に敏感になったことに隼人自身が一番驚いている。

自転車を止めて校舎に入ると、職員室には、浅井先生ではなくバスケ部の顧問、光永先生がいた。

「おはようございます」

「おお、簗山か。やっぱり早いな」

そう言いながら、部室の鍵を持って、隼人の方に近づいてきた。

「今日は、教頭先生は？」

「ん？……ああ。実は教頭先生は、入院することになってな」

「ええ！」

隼人は驚きの声を上げた。

「教頭先生から、お前が来るだろうから早く来て欲しいって言われていたんだよ」

「そうなんすね」

「お前、まあ早いのはいいけど、あまり早く来すぎてもねぇ。一応部活は七時半からってことになってるから」

光永はチラッと時計を見た。六時三十五分を指していた。

「はい、すみません」

「まあ、これくらいの時間には誰か来るようにはするけど、あまり早くなりすぎないようにしろよ。あまり早くに来ても、学校が開いてない可能性もあるから……」

「……わかりました」

隼人は頭を下げて、職員室を出ようとしたが、扉のところでふり返った。

「あの……水やり」

「え？」

「早く来すぎてしまった場合、花壇の水やりをしててもいいですか」

「おお、そうだった。それも頼まれていたわ。いいぞ。そうしてくれると助かるわ」

隼人は、もう一度お辞儀をしてから職員室をあとにした。

光永先生は慌ただしく、机の間を動いて水やりに行く準備をしていた。

その日の練習中、どこからともなく浅井先生の入院の話が、耳に入ってきた。どうやら相当悪いらしいという噂だ。

「ガンらしいよ……」

という言葉が耳に残って離れなかった。

★

隼人は部活が終わって帰る途中も、浅井先生のことが気になった。

浅井先生は、夏休みに入るまで身近な存在でも何でもなかった。「教頭先生」としか呼んだことがなく、実は名前すらも知らなかった。

ところが、夏休みに入って十日ほど。毎朝あいさつを交わし、少し話をして練習に行くことを日課としているうちに、浅井先生のことが好きになっていった。

「築山くんのあいさつは、人を幸せにするいいあいさつだね。朝から元気をもらえるよ。ありがとう」

そんなことを言ってくれる先生に隼人は初めて出会った。

もちろん、時期がよかったというのもある。

ユージから、必要最低限を超えたところに、人生の財産がすべてであるということを教わってからは、「あいさつ」一つとっても、ここまでやっておけば文句ないでしょというラインを超えようと努めてきた。

それを続けた初めての、そして唯一の相手が、浅井先生だったのだ。

結果として、隼人にとっては、自分のことを「いい生徒」だと認めてくれる唯一の、そして初めての先生となった。

その浅井先生が入院する。しかも、噂ではあるがあまりよくないらしい。

その情報は、隼人の心を暗くした。

それは、浅井先生のことだけを考えているからではない。

昨日まで元気にあいさつをしていた浅井先生が、いなくなるかもしれないという状況に出くわして思うのは、すべての命には限りがあるという当たり前のこと。

その事実は、口には出さないが、隼人にとって、なくてはならない存在になりつつある「ユージ」にもそのときがやってくるという事実を、否応なく隼人に突きつけてくる。

ユージは、自分に「愛を教えるために生み出された」と言った。

それがいつなのかわからないが、

「電池が切れたら、サヨウナラ」

という言葉は、隼人の頭のどこかにいつもこびりついて離れない。

ユージは幸一郎がアメリカ出張で家を留守にする間、自分の相手をさせるために作り出したロボットなので、幸一郎が帰ってくるまで、つまり三ヶ月は動いているだろうと勝手に決めつけているところがあったが、果たして電池というのはそんなに保《も》つのだろうか。

明日、いや、極端な話、今日部活から家に帰ったらもう止まっていてもおかしくないのだ。

そうでなくても、こうしている間にも、ユージと過ごせる時間は刻一刻と減っているのは事実だ。

「それなら、それでしょうがないか……」

自分にそう言い聞かせてはいるが、ユージと出会った当初の、

「こんな気持ち悪いロボット、さっさと捨ててきて欲しい」

という感情は、とっくになくなっていて、実際のところ家に帰ったときにユージが止まって

いたら、自分はどんな気持ちになるのか想像がつかず、隼人は恐くなり始めていた。

実際にそれが今日起こるのかもしれないのだ。

そんな隼人の心配をよそに、家に帰ると、ユージはいつものようにリビングでテレビを見ていた。

「ユージ、ただいま」

「おかえり、隼人」

「テレビで勉強?」

「そう。だいぶ言葉上手になった」

嬉しそうに身体を動かすユージを見て、隼人は思わず微笑んだ。

「ユージ。ユージはしたいことあるの?」

「したいこと?」

「そう。遊びたいとか、テレビ見ていたいとか……」

ユージは、音を立てながら、首を横に振った。

「ロボットは、目的を持って作られる。その目的以外、したいことはない」

「そっか……」

隼人は残念そうに答えた。ユージにしたいことがあるなら、何か自分にしてあげられることがあるかもしれないと思ったのだが。

「ユージは、自分がいつまで動けるか知ってるの?」

ユージはうなずいた。

「まだ時間はある」

「もし……」

隼人はユージについて気になっていることを聞いてみた。

「もし、ユージの電池が無くなって止まったらだけど……父さんにお願いして、もう一回充電すればユージに会える？」

「会えない」

ユージは即答した。その答えは隼人にとって衝撃だった。

「どうして！　携帯だって、ゲームだって充電したらずっと使えるじゃん！」

隼人は語気強く言った。

「ユージーのような学習型人工知能は、成長し続けるのが危険な可能性ある。様々な問題点が不透明なままだし、成長し続けてどうなるか、誰にもわからない。だから、目的のために作られて、その目的が達成されれば、役割を終えるように作られてる」

「そ、そんな……」

「でも、それ悲しいことじゃない。人間もペットも、大事なものもすべて同じ運命。必ず命には終わりがある。でもいろんなもの、次の世代に受け継がれていく、そうやって命は繋がる」

「わかってるけど……ユージは、ずっと生きていたくないの？」

「ユージーがずっと生きていたいと思うようになると、作られた目的を達成したくなくなるってこと。それ、システムが許さない。目的よりも、自分の命を優先させるようになるとシステムが暴走してるってこと。そうならないように作られているから、そうは思わない」

隼人にはよくわからないけど、悲しい気持ちになってきた。

ユージと一緒にいるのが、だんだん当たり前になってきて、自分にとっても大切な存在になって、なくてはならない友達になってきているのがわかる。それだけに、ユージとさよならしなければならないカウントダウンが始まっていると思うと、何とも言えないさみしい気持ちになるのだった。

「どうして、父さんはそんな悲しいことを考えるんだろう……」

隼人は独り言のようにつぶやいた。

「隼人のため」

「どうして友達をなくすのが、俺のためなのさ?」

「ユージーがずっといたら、隼人、ユージーに依存するようになる」

「依存?」

「そう、頼りっきりになるっていう意味。そのうち、自分で考えずに、人工知能の答えた通りに行動すれば、間違いないって思って人間の一番大切な思考力、判断力、決断力を失うことになる。でも、人工知能の出す答えは、合理的ではあっても正解とは限らない」

「どういうことかよくわからないよ」

「ユージーは、隼人が自分で考えて、行動できるようになるための手助けをするだけ。それがわかるようになれば、ユージーいたらダメ。そこからは自分で考える。答えは人工知能の出す合理的な答えの向こうにあるわけではない。非合理でも隼人のやりたいことの向こうにある」

隼人は、言葉にできない感情が心の中で渦巻いているのを感じて、黙り込んでしまった。

ユージは、自分に愛を教えるという目的のために生まれて、それが達成されたらいなくなってしまう。愛を教えてもらったかどうかは別として、それ以外の多くのものをもらったのは事実だ。そして、隼人がユージの姿に、自分に対する無償の愛を感じ始めたのも事実であった。

「愛を感じたから、さよならが近いということ？」そう思うと、隼人はたまらなく切なくなった。

一方で、自分がユージにしてあげたことは何もない。そんな気がすればこそ、何かしてあげなければならないのではないか。ユージは、隼人がそう考えずにはいられないほどの存在にいつの間にかなっていた。

その変わり方に一番驚いたのは、その気持ちに気づいた隼人本人だった。

★

隼人は、幸一郎の研究所の前に立っていた。

家から持ってきた鍵を使って扉を開けると、そこには何台ものパソコンとたくさんの工具。

そして、一見するとガラクタのようなものまでが所狭しと転がっていた。最新ゲーム機の空き箱も六つほどあるが、中身は見当たらない。

「ユージの電池が切れる前に、充電する方法がわかれば……」

ここに来れば、何かしらその手がかりとなるものがあるかもしれないと思ったのだが、実際に来てみると、何を見ても何に使うものなのかすらわからず、何をどうしていいのか、今の隼人にはまったくわからない。

隼人は、どうすることもできず、研究所の中をさまよい歩くしかなかった。

たくさんある作業台の中に、本が山積みになっているテーブルがあった。

その山の中の本を一冊一冊手に取り、確認していく。開いてページをめくってみるが、何やら難しそうで、読める気もしない。

ただ、一冊だけ、中学生の隼人でも読めそうな本があった。

『ロボット工学入門』

というタイトルの本で、帯には、

「ホームセンターで売っている部品を使って自分でロボットを作ってみよう」

と書かれている。

隼人は、その本を手に取った。

その位置からもう一度、研究所内部を見回してみる。何かができるかもしれないという淡い期待は絶望に変わり、研究所内の静けさが妙に恐く感じ始めた。

隼人は研究所の外に出て鍵をかけた。

工場の敷地の外に出たところで、

「築山くん」

と声をかけられた。隼人は驚きのあまり息が止まり、ふり返った。

そこにいたのは円花だった。

「おお……三澤」

隼人は辛《かろ》うじて、絞り出すように声を出した。

円花は犬を連れていた。初めて見る私服姿がとても新鮮だった。

十日ほど前、将士たちに囲まれて、最悪の状態のまま別れた円花に、どんな顔をしたらいいのかわからない。挙動がおかしくなっているのが自分でもわかる。

「……何?……散歩中?」

「うん。かわいいでしょ」

円花の声は、十日前のことを気にしている様子ではないが、それでも、隼人は円花の方を見ることができず、連れている犬に視線を落としていた。小型犬で、犬種はよくわからない。おそらく雑種だろう。

世間的に「かわいい」と言われる、トイプードルや、ミニチュアダックスフントなどの犬とは、まったく違う。隼人には「かわいい」という形容詞がピンと来なかった。よく言えば「個性的」、ということになるだろうか。それとも、女子たちの間で流行っている「キモカワ」という意味で「かわいい」と言ったのであろうか。

円花はその場にしゃがみ込んで、犬を撫《な》でながら言った。

「デルピエロっていうの」

「デルピエロ?」

隼人は思わず反応した。まさか自分の知っている有名なサッカー選手の名前が出てくるとは思わなかったからだ。

「何、三澤ってサッカー好きなの?」

円花は首を横に振った。

「つけたのはお父さん。この犬のタレ目具合が似てるから、だからデルピエロなんだって。私、よくわからないけど似てるの?」

隼人は思わず笑ってしまった。確かにその犬は、言われてみればデル・ピエロに似ているような気がする。それだけでなく、じっと見ているとデルピエロがユージにも見えてくる。

話をしているうちに隼人の緊張も解けていった。

「それより……」

円花は、立ち上がって隼人が出てきた工場を見た。

「築山くん、ここで何してるの?」

「え?……ん……まあ、ちょっとね」

隼人は、いつもの癖で、ここに父親の研究所があるということを知られたくなくて、ごまかそうとした。

「ふうん」

円花は、それ以上詮索しようとはしなかったが、もう一度、工場の敷地の中をのぞき見るようにしてから、隼人の手元を見た。

「何？　ロボット作るの？」

隼人は、とっさに手にしていた本を後ろ手に隠すように持ち直した。

「ああ、これ？　いや、そういう訳じゃないけど、ちょっと興味があってね」

「へえ、そういうことにも興味があるんだ……」

円花は意外そうに微笑んだ。

「それより……」

隼人は、研究所のことやロボットについての話が続くのを恐れて、話題を変えようとした。

「……この前はゴメンな」

隼人がそう言うと、円花は無言で首を横に振った。

細かい説明をする必要もなく、円花には隼人が何について謝っているのかわかっているようだ。隼人は気まずそうに視線をそらした。でも、次に円花に会ったら、謝ろうということだけは決めていたので、それが言えたことで、隼人は少しだけ気分が晴れた。

「今、俺は三澤が言ってた、『逃げない、強い奴』目指して修行中だから……」

そう言うと、今度は隼人がしゃがんで、デルピエロの頭を撫でた。

円花は、隼人が夏休みに入る前とは、別人のような雰囲気になっていることを感じて、思わず隼人を見つめた。

デルピエロは、人なつっこいからか、初対面の隼人を嫌がりもせず、おとなしくしている。

「おとなしいな」

隼人は話題を変えた。円花はうなずいた。

「もう十三歳。私と同い年なんだ。おじいちゃんだからね」

「ふうん……」

二人は、どちらからともなく同じ方向に向かって一緒に歩き出した。

「築山くん、何か雰囲気変わったね」

「そう?」

「うん。何か落ち着いたっていうか、優しくなった」

隼人は、思わず笑顔がこぼれた。

「まあ、最近いろいろあってね」

円花もなぜだか嬉しそうに微笑んだ。

「そうなんだ。勉強やってるの?」

「まあね……」

隼人は誇らしげにうなずいてみせたあとで、少し苦笑いをした。

「って言っても、まだ始めたばかりだけどな」

「始めただけでもすごいよ」

円花に褒められると、隼人は素直に嬉しい。隼人は円花の横顔を見た。

夏の夕日に照らされて髪が輝いて見えた。

「そういえば、私、夏休み中は結構、市立図書館で勉強してるから。暇なら……」

その表情に心奪われそうになった瞬間に、円花の表情が曇るのがわかった。

反射的に、隼人も円花の視線を追うようにふり返った。

案の定というべきか、こんなときに限ってというべきか、視線の先には自転車でこちらに向かってくる四人の集団が見えた。その先頭にいるのは、間違いなく将士だった。獲物を見つけた動物のように表情が嬉々としているのが遠目にもわかる。

どうやら、隼人が偶然円花に会ったときは、将士に会うというのは運命らしい。

「嬉しいことと、嫌なことは表裏一体」

数日前のユージの話を思い出す。

隼人は、身構えた。まだまだ逃げない奴になったとは言い難い。十日前のコンビニでの出来事が、トラウマのようによみがえってきては、隼人の表情を引きつらせる。近づいてくる将士は髪の毛が金色に染まっていた。あれでは部活に来られないはずだ。

「隼人と三澤発見！」

そう言いながら、自転車を蛇行《だこう》させて近づいてくると、

「やっぱりお前らつきあってんじゃん」

そう言いながら隼人の目の前で自転車を止めた。他の三台も、隼人と円花を囲むように自転車を止めた。

「三澤、じゃあな」

隼人は、円花にそう言うと、自分だけ足を止めた。先に一人だけ帰れという合図だと受け取った円花は、

「う、うん……またね」

と言って、そのまま自転車の間を縫うように歩いて通り過ぎた。

隼人は、本当は恐怖で余裕をなくしていたが、

「俺は、逃げないって決めたんだ！」

という言葉だけを、頭の中で繰り返して立っていた。

「何だよ、隼人。デートの邪魔だったか？」

そう言って笑う将士に合わせるように、三人も大声で笑った。

「ホントだよ。せっかくのデート邪魔されたよ」

隼人は、そう返した。

その言葉は円花にも聞こえたのか、少し離れたところで、円花がふり返るのがわかった。

「何、お前らホントにつきあってんのか？」

将士が囃したてるように、隼人に顔を近づけてきて言った。

「冗談だよ。だったらいいなぁと思って言ってみただけ。だから邪魔しないでくれよ」

隼人は、笑いながらそう答えたが、上手に笑えている自信はない。きっと笑顔が引きつっているだろう。隼人の返事に、将士は表情を変えて、睨みをきかせた。

「お前、調子に乗んじゃねえぞ」

隼人は、将士だけを見つめ返していた。

心の中では、

「逃げるな、逃げるな」

という言葉を繰り返しながら。

「お前生意気だな」

将士の後ろから声がしたが、それに対しては反応せず将士だけを見つめていた。

「ぐっちゃん、部活来いよ。サッカーやろうよ」

隼人は、それだけ言った。

「チッ。うるせえよ。ガキの球ケリにつきあってる暇はねえんだよ。おい、行くぞ。間に合わねえとまた、怒られっから」

将士はそれだけ言うと、他の三人に目で合図を送って、その場から離れていった。

どうやら、先輩からの呼び出しらしい。

蛇行しながら去っていく四台の自転車の背中を見送ると、隼人は大きく一つ息をついた。

MAYUMI　20XX/07/31　23:03
宛先:k_tsukiyama@XXXXXX
件名:成長

幸ちゃん

夏休みに入って、10日が過ぎました。
隼人は、夏休み前とは別人のように
勉強を進めて
なんと、すでに英語と数学の宿題は
終わったみたい。

ユージとの仲も相変わらずいいよ。

最近もう一つ隼人が変わったと感じる
ことがあってね。
何となく、私が言うのも変だけど
男らしくなったというか
なんか強くなったように見えるんだよ
ね。

勉強をするようになって落ち着いてき
たのかな?

午後にはあなたの研究所に行って
『ロボット工学入門』って本を持って帰
って読み始めたよ。

この前のメールで幸ちゃんが教えてく
れたこと
隼人ももう知ってるってことかもね。
私も、とてもショックだった。
でも、確かに考えてみると、学習型の
人工知能が
充電する限りいつまでも動いて
どこまでも成長していくことって
とても恐いことかもしれない。
だから、ユージの命に限りがあるのも
哀しいけど仕方がないのかも。

でもその哀しさが隼人を成長させてい
るんだろうね。

私もユージとの一日、一日を大切にし
たいって思う。

真由美

いつも一緒

隼人は、学校の花壇に水やりをしながら、たくさんの自分の常識が変わっていることに驚いていた。今やっていることもまさにそうだが、まさか、自分がやらなくてもいい「水やり」を自分からやると言い出すなんて、思ってもみなかった。

そして、何より思ってもみなかったのは、その水やりを「楽しい」と思いながらやっていることだった。

誰よりも早く起きることや、浅井先生の代わりに水やりをすること、生徒の中で最初に学校に来て、職員室で先生と会話すること、そして、一番にグラウンドに出てサッカーの練習をすること……それらは、夏休み前の隼人なら、

「面倒くさい」

「そんなの損じゃん」

「やって意味あんの?」

と言って敬遠するものだったのに、今はそのすべてが、楽しい瞬間になっている。

やらなきゃいけないことは必要最低限で終わらせる。それ以上やるのは損だと思っていた。

ところが、そんな生き方こそが損だと、ユージは言った。

ユージは、何をするにも、その必要最低限を超えたところに、隼人の人生を支えてくれる財産があると、繰り返した。それどころか、日々の喜びや、幸せ、楽しみ、もっと言えば、人生の使命に至るまで、やるべき最低限を超えたところに転がっているというのだ。

使命がそこにあるかどうかを確信するには、隼人は若すぎるが、その時間こそが、将来への投資だという言葉は、証拠を見せられた訳ではないが信頼するに値する考え方だと思えた。それに少なくとも、やらなきゃいけないことを超えたところまでやっている時間は、無条件で楽しいのだけは確かだった。

今では、昔からそういう価値観で生きていたかのように、どんなことに対してもその線を軽々と超えようとする人になりつつある。

そんな隼人に対してユージも
「最近、隼人やらなきゃいけないことから逃げなくなった」

と言ってくれるようになった。

「そう？」

と聞き返すと、ユージは機械音を立てながら大きくうなずいて、

「前までは、勉強しながら、隼人が言ってた独り言は『何でこんなことやらなきゃいけないんだよ』だった。でも、最近、そんなこと言わない。代わりに、どうやったら楽しめるか考えてる」

「だって、どうせやるなら楽しい時間にしたいじゃない」

隼人は、昔からそう考えていたかのように、そう答えたが、ユージは笑っているだけだった。

そう、ユージは笑うようになった。

もちろん、顔が変わったりはしない。声だけで笑うのだが、「フフフ」だったり、「ハハハ」だったり、場合によっては「カッカッカ」なんてときもある。

夏休みの宿題はあらかた片付いてしまったので、隼人はここ数日は、幸一郎の研究所から持ち帰ったロボット工学の入門書を図書館で読んでいる。

家で読まないのには二つ理由がある。

一つは、ユージに見られるのが何となく嫌だったから。

もう一つの理由は……こちらの方が大きいのだが……円花が来ていると言っていたからだ。

ところが、結局、隼人が図書館に来始めてから四日がたつが、円花は一度も、図書館には来ていない。家族で旅行にでも行ったのだろうか。

「サヨウナラ」を何とか阻止したいと思って始めたロボットの勉強だが、読めば読むほど自分が学習している内容と、自分がやりたいことの距離が離れすぎていることに愕然とした。本に書かれているのは、簡単に動くロボットを作る方法で、確かに、中学生の隼人でも理解できるように書かれているのだが、電池とモーターを使って動くロボットを作るとか……プラモデルの域を超えるものではない。ところが隼人が知りたいことはそんなことじゃない。

結局、自分のやろうとしていることは、何もわからない初学者が、世界最先端の人工知能の仕組みを理解し、それを変えようとするという無謀なことだと思い知らされるばかりで、何度

もくじけそうになった。そのたびに、

「ダメだ。諦めたらユージがいなくなっちゃう。途中でやめる訳にはいかない」

と自分に活を入れ直す。その繰り返しだった。

★

隼人は、図書館でロボット工学の入門書と向き合っていた。

この日も、隼人はすぐに行き詰まって、頭を抱えるように、その場に突っ伏した。

「ふう」

と諦めたような息をついてから、顔を上げると、そこには円花がいた。

「おお……久しぶり」

ずっと閉ざされていた部屋の窓が開け放たれたような開放感から、隼人の表情はパッと明るくなったが、五日ぶりに会った円花は、どこか悲しげな目をしていて、その表情に引きずられるように、隼人も表情が曇っていった。

「何かあった?」

隼人のその言葉に、円花は堪《こら》えきれなくなったように、ポロポロと涙をこぼし始めた。

「ど、どうしたの?」

隼人はどうしていいかわからず、静かな図書館内で、周りの目を気にしながらオロオロしたが、とりあえずその場を離れようと立ち上がり、円花の手を引いた。

隼人が円花の手を握ったのは、それが最初だった。円花は嫌がらずに、隼人に引っ張られるまま外に出た。

図書館の外に出た瞬間に、真夏の暑気が二人を襲った。周囲の木立からは、油蟬《あぶらぜみ》の大合唱がひっきりなしに耳を刺激する。

比較的大きな木陰を選んで、そこまで行くと隼人は円花の手を放した。

「どうしたの？」

隼人は、再度聞いた。

円花はその場にしゃがみ込んで両手で顔を覆いながら泣き始めた。

ハンカチでも持っていたら、それを手渡して涙を拭くように言えるのに、そんな気の利いたものを持っていなかった隼人は、どうしてやることもできず、その場に呆然と立ち尽くして、円花の頭を見つめることしかできなかった。やがて、円花は右手で一気に両目の涙をぬぐうと、震える声で一言だけ絞り出した。

「デルピエロが……」

「デルピエロ……」

その一言で、隼人は円花の言いたいことを察した。先日、円花が散歩に連れていた犬だ。確か、円花と同じ年齢だと言っていたから、犬としては老犬ということになる。

「死んじゃったの？」

　隼人が言葉を繫ぐと、円花は顔をゆがめてまた大粒の涙をこぼしながら、嗚咽《おえつ》を堪えてうなずいた。

　隼人は、どんな声をかけていいのか、先ほど以上にわからなくなった。円花が落ち着くのを待つしかない。その間も、あまりの暑さに隼人のシャツはすでに汗まみれになっている。見れば、座り込んだまま泣いている円花の背中にも汗が滲んでいた。

「中、入ろっか」

　円花が少しだけ落ち着いてきたのを見計らって、隼人が言った。

　図書館はエアコンが利いていて、入り口に戻った瞬間に、心地よい空気の塊に包まれたような気がした。二人は、小声で話しても大丈夫そうな場所を見つけて、並んで座った。

　そこまではよかったが、座ると同時に再びやってきた沈黙に、隼人はまたも、どうしていいかわからず言葉を探すのに忙しかった。

「こういうときって、ご愁傷様って言うのか？　かわいそうに……も違うし……」

　一瞬、頭をよぎったのは、

「テレビドラマなんかだと、こういうとき主人公は女の子の手に、そっと自分の手を重ねて、肩を抱いたりして……」

　というシーンだが、考えるだけで緊張してしまい、実際に手を伸ばすことなんて、できそうにない。そんな想像をし始めた瞬間から、隼人の胸は鼓動が速くなった。

「お父さんも、お母さんも、デルピエロは死んじゃったけど、いつでも円花の心の中にいるでしょって……」

まだ鼻をすすってはいるものの、だいぶ落ち着きを取り戻した円花が、ポツポツと小さな声で話し始めた。

「……そう言うんだけど。そりゃあ、いつまでもデルピエロは私の心の中にいるけど、でも実際にはもういないっていうのが、受け入れられなくて……」

円花は、自分の発した言葉に感情を刺激されて、また泣き出しそうになり、言葉を止めた。

隼人は、ただ一緒にいて、円花の話を聞いていた。

最後には、円花が
「ゴメン。勉強の邪魔だったたね……」

そう言って、力なく立ち上がり、隼人の前を去っていった。

隼人は結局何をしていいのかわからないまま、立ち去っていく円花の姿を見送るくらいしかできなかった。

★

家に戻った隼人は、すぐにユージにその話をした。

別にどうしたらよかったのかを聞きたかった訳ではない。ここ最近は、家に帰ってきたら、その日にあったことをユージに話して聞かせるのが、習慣になっていたからだ。

話しながらも、冷蔵庫を開けて、中から水を取り出し、グラスに注ぐと、まずは一気に飲み干し、空になったグラスにまた水を注ぎ入れる。外の暑さは尋常ではなく、喉がカラカラだった。

ユージは、興味深げに首をかしげ、時折うなずきながら、隼人の話を聞いた。

隼人が、一通り話が終わりダイニングに座ると、ユージは、

「デルピエロ。姿は見えないけど、いつもその女の子のソバニイルヨ」

と一言だけ言った。

隼人は、目を見開いて、身を乗り出してユージを見つめた。

「それって。霊とか魂ってこと？　やっぱり、霊とか魂ってあるの？」

隼人はそういう世界のことをよく知らないが、ユージが「ある」というのなら、あると信じていいような気がする。

ユージは、隼人のその質問には答えず、「ウィーン」という音をさせながら、右手を上げて、隼人の前に置いてあるグラスを指した。

「それ何？」

「これ？　これは水だけど……」

「水何個ある？」

隼人は苦笑いして、幼い子どもに諭すように説明した。

「ユージ、水は『個』で数えないんだよ。これは『一杯』って数えるんだ」

ユージは、首を横に振った。

「その一杯のグラスの中に、水が何個あるかを聞いた」

「はあ?」

隼人はユージの質問の意味がわからず、声が裏返った。

「そのグラスの水を半分にする。そしたら、それをまた半分にする。それを延々繰り返す……そうすると、いつかは、もうこれ以上半分に分けられないっていう状態までたどり着く。それが水一個」

「ん、何か聞いたことあるかも。分子……だっけ」

ロボット工学の本の中に、最近見つけた言葉だった。

「そう。水一個のことを水分子っていう。じゃあ、その水分子が、そのグラス一杯の中には何個くらい入ってると思う?」

隼人は、想像もつかないので、自分の知っている数の中でも大きそうなものを口にした。

「百億個くらい?」

「残念」

「じゃあ。百兆!」

「残念。そんなもんじゃない」

「それより大きな数なんてわからないよ」

「隼人、答えを言うから、紙と書くものを用意して」

隼人は、席を立つと電話機の横に置いてあるプリンターのカセットから紙を一枚抜き出し、ペン立てから一本の鉛筆を引き抜くと、もう一度席に戻った。

「6を書いたら、その後ろに0を二十四個書いてみて」

隼人が席に着くのを待たずに、ユージは話を始めている。

「そういえばなんでこんな話になったんだっけ……」

隼人は、もはや思い出すことができないが、ユージに言われるままに、そこに数字を書き始めた。

「6を書いて、その後ろに、0を一、二、三、……」

そうやって口に出しながら、隼人は0を二十四個書き連ねた。

「書いたよ」

「そのグラスに、百八十グラムの水が入ってるとすると、その中にはそれだけの個数の水が入っていることになるよ」

「一、十、百、千、万、十万、百万……」

隼人は右から0を数えていって十五～十六番目で読むのを諦めた。

「数の読み方がわからないよ」

「読み方がわからなくても、ものすごくたくさんの水分子がその中に入ってるってわかるでしょ。そういうときには、一学期に学校で勉強した累乗の指数を使って6×10^{24}個って読むんだ。さて、そのコップをそのままベランダに持っていって置いておくとどうなる?」

「そりゃあ、乾いて無くなるでしょ」

「そう、空気中に水蒸気となって放出される。さてここからは計算機が必要だから、隼人のスマホを持ってきて」

「ちょっと待って、だいたい、今何をやってんの?」

「今、目の前にあるコップ一杯の水が、この地球上の空気に均一に広がったとしたら、この部屋の中には何個の水分子があることになるかを計算するんだよ。隼人は何個くらいあると思う?」

「はあ? 何のために、そんなことするのさ」

どうしてこんなことを始めたのか、きっかけを完全に忘れてしまった隼人が、業を煮やしてユージに聞いた。

「まずは予想を聞かせて?」

「全然想像もつかないけど……地球上に均一に広がったとしたら一個もないんじゃないの」

隼人は投げやりになって答えた。

「で、何でこんなことをしてるの」

「デルピエロはいつもソバニイルってその娘《こ》にわかってもらうため」

隼人は首をかしげた。

★

隼人はユージに導かれるままに、計算によって数字を出していった。

「地球の円周は何キロか知ってる?」

隼人は首を振った。

「約四万キロメートルだよ。そこから半径を求めることができるよね」

「ちょっと待って……どうやるんだっけ」

隼人は、「直径×円周率=円周」になることを利用して、半径を求めた。

「四万を3・14で割って、半分にすればいいから……6、369キロになった」

「いいね。前にもやった概数でいこう」

「じゃあ、6、400キロ」

「それじゃあ空気の層は地上何キロあると考えればいいだろうか」

「空気の層?」

隼人は、ちょっと考えた。世界で一番高い山はエベレストで八千メートル級と言われるが、空気が薄いと聞いたことがある。その倍くらいか……と考えた。

「二十キロ……?」

「いい想像をしたね。海抜およそ二十キロメートルまでのことを対流圏といって、地球の空気の質量の約八〇％がそこに存在しているヨ。でも宇宙空間はカーマンラインといって海抜百キロメートル以上と国際航空連盟によって定義されている。どっちで計算してみる？」

「じゃあ、切りがいいから百キロ」

　ユージはうなずいた。

「球の体積の出し方は知ってる？」

「知らない」

「半径をｒとする球の体積は４πｒ^3／３になる。地球の大気の体積が計算できるのわかる？」

「ちょっと待って……」

　隼人は、紙に簡単な略図を書いて計算を始めた。

「大きな球の半径が６、５００で、小さな球の半径が６、４００……大きい方から、小さい方を引くと……」

　数日前に、宿題で使った中一数学の知識を使えば、計算は楽になりそうだ。

「4/3 π（6500^3 − 6400^3）だから……」

　隼人は電卓を弾いた。

「4/3 π（274625000000 − 262144000000）」

　計算が進む。

「4/3 × 3.14 × 12481000000 ってなるから……」

隼人は必死でメモをとりながら、スマホを駆使して数字を弾き出していった。

「出た！　だいたい52,000,000,000」

「単位は？」

「単位は……キロメートルだったから……立方キロ！」

「じゃあ、それを立方メートルに直せる？」

隼人は、一瞬のけ反るような仕草を見せたが、気を取り直して、紙に向かった。

隼人は立方体の略図を紙に書いて一辺の部分に「1km = 1000m」と書き込んだ。

「$1km^3$ = $1,000,000,000m^3$ってことは……うわぁ、ダメだ数字が大きすぎて、わからなくなってきた」

隼人は頭を抱えた。

「大丈夫。さっきユージーが使った言い方をしてみて。52の後ろに0が何個つく数って言える？」

「ええと……52の後ろに0が十八個つく数……かな」

「それじゃぁ、それはこう書いておこう」

ユージの胸のディスプレイに「$52 \times 10^{18}m^3$」と表示された。

隼人は言われるままに、紙に書き留めた。

「地球の上にある空気の体積がわかったら、さっきのコップ一杯の水分子の数をその体積で割ると空気一立方メートルあたりの水分子の数がわかるね。水の個数を覚えてる？」

「6×10^{24}個」

「そうだったね。計算してみて」

隼人はうなずいた。

隼人はスマホの電卓アプリではそれほど多くのケタ数が打てなかったので紙に書いた数字を約分したりして自分なりに答えを出した。出てきた数は予想よりも大きいものだった。きっと計算をどこかで間違えたのだろう。もう一度やってみた。

「どう？」

「う〜ん、何度計算しても、だいたい１２０、０００って出るんだけど」

「間違えてないと思うよ」

「え！　そんなにあるの？」

「もう一息。この部屋の体積は？」

ざっと見積もって縦横五メートルずつ、高さが二メートルだと考えてよさそうだ。

「五十立方メートル……かな」

「それじゃあ、このコップ一杯の水がこの地球上の大気全体にまんべんなく広がっていったと考えたら、この部屋の中には何個の水分子が入っていることになるか。聞かせて？」

「十二万の五十倍だから……六百万！」

「結構たくさんの水分子があることになるよね。そこで、その数を百倍して、三で割ってみて」

隼人は言われるままに電卓を弾いた。

「二億……だけどそれが何？　なんで百倍して三で割ったの？」

「水六キロで考えてみたんだ。コップの水は百八十グラムだから、百倍したら十八キログラム。それを三で割ったら六キロになるでしょ」

「だから、どうして今度は水六キロで考えたの？」

「デルピエロの体重がそれくらいだと思ったから……」

隼人はそこまで言われて初めて、ユージが何をしたかったのかがわかってきた。

「今のは水分子で計算した。水一個は、酸素原子一個と水素原子二個を部品として作られているから。原子の数で言うとその三倍あることになる。つまり六億。残念ながらデルピエロ、亡くなった。でもデルピエロを作っていた部品の原子は、水素原子や、酸素原子、炭素原子なんかが中心で、それらはもう世界中に広がり始めている。人間も含めた動物は大部分が水でできているから、その数を考えるなら、だいたい同じ重さの水で考えるとわかりやすい。これから、その女の子は世界中どこにいても、その部屋の中には、デルピエロを作っていた部品が六億もあるって考えることもできる。さらに、カーマンラインじゃなくて対流圏で考えると、もっとたくさんの部品に囲まれて生きているって言うことだってできる。

まあ実際には、雨になったり、海の水になったりもする。植物や動物だけじゃなく、人間が作るものにも使われる。だから、空気中にどのくらいの数が存在するのか、正確な数字は誰にもわからない。だけど、僕たちはアラユル原子に囲まれて生きているのは事実。そしてその原子は、これまでもいろいろなものに使われてきた。そう考えると、どこに行ってもデルピエロに囲まれて生きているって思えないかな。いつだってデルピエロはソバニイルヨ」

「今もデルピエロを作っていた六億の原子に囲まれてる……」

隼人は、思った以上に多くの原子に囲まれていることに、ただただ驚いていた。確かにこう考えると世界中どこにいてもデルピエロに囲まれて生きているって思えるんじゃないだろうか……その事実を知ったら、円花の悲しみは少しは晴れるかもしれない。

「学校で習うような、単なる科学的知識も解釈の仕方によっては、人を哀しみから救うことだってできるヨ」

「ユージ、ありがとう！」

そう言うと、隼人は、今計算していた紙を手にして自分の部屋に駆け込むように入っていった。円花にそのことを伝える手紙を書くつもりだった。

ふり返ることなく、リビングを出て行ったので隼人は気づかなかったが、ユージの胸のｉＰａｄには、「終了準備省エネモード」という文字が浮かび上がっていた。

MAYUMI　20XX/08/05　21:48
宛先:k_tsukiyama@XXXXXX
件名:ユージに感情はある?

幸ちゃん

ここ数日、隼人が一生懸命ロボットの勉強をしている理由。
やっぱり予想通り
ユージは電池が切れたら
もう動かないし、充電することも、再起動することもできない
ということをユージから聞いたから
それを何とかしたいと思って始めたみたい。

確かに、命には終わりがあるからこそ
学べることがあるんだよね。

隼人が、強く、優しくなってきたのは
その「終わり」を感じているからだということもわかります。

でも、仕方がないこととはいえユージは完全にもう家族の一員になっているから複雑です。

それに、どうも最近ユージが
人間のように感情を持っているように
しか思えなくなってきたの。
会話をしてると、こっちが言ったことに対して
笑ったりするんだよ。
しかも、クスクスって小さい笑いから、
ワッハッハみたいな大きな笑いまで。

もし、ユージに感情があるんだとしたら
目的の達成と同時に、自分の命が終わることを
どう思ってるのかしら……
そのことが少しだけ気になります。

真由美

気にしない強さ

部活が終わると、隼人は一目散に図書館に向かった。

八月に入り、連日猛暑日が続いている。気づけば夏休みも二週間が過ぎ去っていた。

夏休みに入る前は、幸一郎もいないことだし、受験生でもないんだから、好きなだけサッカーをやって、空いた時間は徹底的に友達と遊びまくろうと考えていた隼人だったが、予定通りだったのは、好きなだけサッカーをやるということだけで、それ以外は、自分が想像していた過ごし方とはまったく違う毎日が続いている。

どうしてそんな毎日になったのか、ふり返ってみれば不思議な出来事が重なって、今の自分の状況があるとしか言いようがない。

最初見たときには、嫌悪の対象でしかなかったユージも、いつの間にか隼人にとって、なくてはならない家族というか、親友というか、どちらの言葉でも表現できない、大切な存在になっている。

そして、ユージと出会って、「勉強」に対して「夢」に対して、そして「やらなければならないこと」に対しての考え方がすべて、百八十度変わった。

勉強にしても、家のことにしても、やらなきゃいけない最低限を超えてまでやるのは、損だと思っていたのに、今は、真逆の価値観が身につきつつあり、どうせやるなら、そのラインを質的にも量的にも、軽々と超える奴にならなきゃもったいないと思っている。

ユージを残していった幸一郎に対しても、

「余計なものを残して……」

という感情はもうない。むしろ、ユージと出会わせてくれたことに感謝している。もちろんそのことを言葉で伝えるだけの素直さはまだ隼人にはないが。

ユージと出会う前は、誰かを笑いものにしたり、バカにしたり、時に威嚇したりと、笑いに繋がることは何でもしていたような気がする。それこそ、対象になった人がどんな気持ちになるかなんて考えたこともなかったし、それによって、心が痛んだりしなかった。

自分が楽しいと思うことを仲間とやって笑っている。そんな毎日が楽しい。ただそれだけだった。でも、今はそういう奴らのことをかっこいいとは思えなくなっていた。むしろかっこ悪い。自分の中で「かっこいい」の定義が明らかに変わったことがわかる。

それは円花の影響も大きい。

思えば、好きな人との出会いというのが、人間を一番変えるのかもしれない。

「勉強なんてやってらんねえよ」

という態度だった隼人に、円花は、

「やらなきゃいけないことから逃げる人はかっこ悪い」

とはっきり言った。考えてみれば、女子がみんな円花のようなことを言うとは限らない。人によっては
「私も、勉強嫌いだから、勉強真面目にやる人って面白くないっていうか、何が楽しいかわからないから、一緒にいてもつまんない」

なんて言ってもおかしくないのだ。円花がもし、そっち側のタイプであれば、今頃自分は勉強もやってなければ、やらなきゃいけないことからもできるだけ逃げようとする芯の弱い奴になっていたかもしれない。

そして、最近になってようやく、

「やらなきゃいけないことから逃げる人は、何となく『恐い』」

と言っていた円花の気持ちも、何となくわかってきた。

やらなきゃいけないことは、いくつになってもやってくるものらしい。

確かに、そうだろう。大人になっても、やらなきゃいけないことは日々やってくる。

それどころか、夢や目標を持った瞬間に、自分でやらなきゃいけないことを決めているとユージは言った。大きな夢なら、たくさんのやらなきゃいけないことを自分で考え出すのだと。

それも、確かにその通りだと納得できた。

そうであれば、やらなきゃいけないことから逃げる人は、自分で決めた夢や目標から逃げる人、ということになる。

「そんな人と一緒になったら……どう？」

数日前、ユージに聞かれた。

隼人は、妄想が飛躍しすぎているとも思うのだが、そう考えてみると確かに、やるべきことからすぐ逃げる旦那本人はともかく、それよりも、一緒になった奥さんやその子どもたちの方が困ることになるんじゃないか。ということは簡単に想像がつく。

それを、言葉ではなくとも、肌で感じ取っているからこそ、本能的に、

「この人は危ない」

と円花に、彼女の感覚が告げることで「恐い」という表現になるのではないだろうか。

もはや、隼人にとって「かっこいい」の基準を作り出しているのは、円花の価値観になっている。好きな女子のタイプに合わせて、男子はそうなろうと努力をするようだ。

そして、今、その円花に会いたい一心で、隼人は汗を噴き出しながら、炎天下で自転車を走らせていた。

市立図書館は、入った瞬間に汗が引くほど空調が利いていた。生き返る。

隼人は、二階の学習室へとまっすぐ向かった。

「来てるといいけど……」

昨日の様子では、デルピエロが亡くなったことからまだ立ち直れていないのは明らかだ。しばらくは図書館には来ないかもしれないとも思ったが、結構遠くから円花が座って勉強しているのが見えた。

円花は、近づいてくる隼人に気づかないほど集中して勉強していたが、自分のすぐそばで立

ち止まった人の気配に、顔を上げた。

「築山くん……」

「よお」

隼人は、ちょっとはにかみながら、小さく手を挙げた。

「勉強しに来たの？」

「いや、そういう訳じゃないんだけど……三澤がいたら渡したいものがあったから」

そう言いながら、隼人は円花と向かい合うように前のイスに座り、封筒を差し出した。

「何？」

円花は、それを手に取ると、マジマジと裏表を交互に見ながら言った。封筒には特に何も書かれていない。

「手紙？」

「手紙というか……レポートというか」

「レポート？」

円花は、眉間にしわを寄せて隼人を見つめた。

「ほら、昨日はすごく落ち込んでるみたいだったから、ちょっと俺なりに考えたことを書いてみた……ちょっとでも元気になればと思って」

隼人は、そう説明しながら、今自分がしていることを少し後悔した。

手紙を書くなんてガラでもないことをしたこともそうだし、目の前の円花はもう立ち直ったかのように、普通に勉強している。もはや心配する必要なかったのかも……そう思うとこの場から逃げ出したい気分に駆られる。

「いや、いらないなら返せよ」

隼人は、急に恥ずかしくなり、手を伸ばして手紙を奪おうとしたが、円花は素早く手を引いて、隼人の手をかわした。

「私のために書いてくれたんでしょ。読むよ」

「いいよ。やっぱり返せよ」

円花は、微笑みながら首を横に振った。

「ダメだよ。もうもらったんだから私のもの。一度人にあげたものを、返せっていうのは男らしくないぞ」

「チッ」

円花に、男らしくないと言われると、隼人も諦めざるを得ない。

「わかったよ。いいけど、何の役にも立たないかもしれないぞ」

円花は、また首を横に振った。

「それでもいい。私のために書いてくれたのが嬉しい」

隼人は、その言葉が聞けて嬉しかったが、どう反応していいかわからず、照れを隠すように、

「じゃあ、俺行くわ」

とそそくさとその場を立ち去ろうとした。

「うん……ありがと」

円花は座ったまま、礼を言った。

隼人はすぐに背を向けると、その場をあとにした。

円花は、隼人の姿が階段に消えるまで目で追っていたが、姿が見えなくなると、すぐに封筒を開封して中身を読み始めた。

「まず、コップ一杯の水は何個かを数えてみると……」

書き出しの意外さに、思わず円花は首をかしげたが、ざっと見た感じたくさんの計算式が並んでいる。

「何これ？」

円花は思わず口にした。表情は嬉しそうに笑っていた。

★

「ただいま」

家に帰った隼人は上機嫌だった。

「隼人、いいことあった？　いつもよりも機嫌いい」

ユージにそう言われて、思わず顔がにやけた。

「ん？　そう？　いつもと変わらないけど……それより、勉強しなきゃ。今日は、帰ったらすぐやるって決めてたから」

ユージは、しばらく無言で隼人のことを目で追っていた。

隼人は、自分から問題集を手にすると、机に向かい勉強に取りかかった。

ここ最近そうしているように、集中して一時間ほど問題に取り組むと、一旦休憩を入れる。

そうして、また一時間。

そうしている時間は、自分でも不思議なくらい「楽しい時間」になっている。

本当に自分はおかしくなったのかもしれない。

勉強が楽しい。

予定していた二時間を軽く過ぎて、三時間を超えたところでペンを置いた隼人は、

「今日はこれくらいにしておこう……」

そう言って、ユージの方に向き直った。

「ねえ、ユージ。不思議なんだけど、ユージの言う通り、必要最低限を超えようと思ったときから、勉強するのが楽しくなってきたんだよね。俺って、変かな？」

ユージは、首を横に振った。

「変じゃない。もともと勉強は楽しいもの。それに、もし自分の『楽しい』が、他の人と違っていたとしても気にすることじゃない。もっと自信を持っていい。僕はこれが好きだって」

「そうは言っても、勉強なんか好きだって言ったら、みんなから変人扱いされちゃうだろ」

「気にしちゃダメ。自分の好きを否定されても、気にすることない。それ気にし始めたら、自分が好きでもないのに、他人の好きに合わせて生きる人生になっちゃう」

「…………」

隼人は、それでも、みんなからどう思われるかが気になった。

「想像してみて。ある男の子に好きな女の子がいるとするよね。ある日、その男の子は勇気を出して告白して、つきあうことになった。ところが、周りの友達が、よってたかって『あの娘のどこがいいの？』『全然かわいくないじゃん』って言う。そこで、その男の子は、『そうか、あの娘はみんなから見るとかわいくないんだ』と思って別れちゃう。そんなことがあったらどう？」

「どう？　って、それって男として最低でしょ」

「でも、そういう人は実際にいる」

「そうなの？」

「そう。大半が、自分がこれを好きって言ったら、みんなにどう思われるかなぁって気にしている人。今の話の『女の子』の部分を、自分の好きなものに変えてみればわかる。今の隼人の話なら、例えば『勉強』とかに……」

「…………」

隼人は、

「男として最低なのはお前だ！」

と言われているような気がして、肩をすくめた。

「人はそれぞれ好きなものが違う。それが当たり前。隼人が勉強好きなら、勉強好きだって言うことが大事。誰に何と言われても、気にすることはない。

隼人が、幸せになるために忘れちゃダメ。

人には好きなことを言わせておけばいい。

これをやったら、人からどう言われるか、こんなことを言ったら、人がどう思うか……。

そんなことを気にしてばかりで、自分の人生でやりたいこともやらずに、言いたいことも言わずに人生を終えていく人がたくさんいる。それって、すごくもったいない。たった、一度だけの人生。隼人は、他の誰かの価値観に合わせることに費やすんじゃなくて、自分の価値観にもっと正直に生きるべき」

隼人は、雷に打たれたような衝撃に見舞われて、全身に鳥肌が立つのがわかった。

そして、同時に、この瞬間、遠い昔の記憶がフラッシュバックしてよみがえってきた。

「これだ！　これだった……」

幸一郎が自分の「研究所」を感慨深げに見つめながら、

「研究所を作るのが子どもの頃からの夢だったんだ……」

と言ったあとで、しゃがみ込んで、隼人の両肩をつかみながら話してくれた言葉。それが、まさにこれだった。

「いいか、隼人。自分の好きを、他の人の価値観に潰されるんじゃないぞ。人には好きなことを言わせておけ。そんなの、気にしたら負けだ。みんな好きなことが違う。それでいいんだ。これをやったら、人からどう思われるかってことばかりを気にして、自分の人生でやりたいことをやらずに生きていく……お前の人生をそんな人生にするんじゃないぞ」

幸一郎は自分の夢を叶えた瞬間に、きっとそんなことを話してもわからない小学校三年生の隼人に、嬉しそうに話してくれた。

ユージのセリフを聞いて、隼人はそのことを鮮明に思い出すことができた。

きっと、幸一郎も、それまでの人生で何度も、周囲からバカにされたり、変人扱いされたのだろう。でも、自分の好きを曲げなかった。そのことを息子である自分に伝えたかったのかもしれない。

「それ……昔、父さんが言ってた」

隼人は、ユージを見つめながら言った。

「隼人の父さん、たまにはいいこと言う」

隼人は、ユージが冗談ぽくそれを言ったので、思わず吹き出した。

「ユージ、冗談も言えるようになったの？」

「テレビで学んだ……」

隼人は声を上げて笑った。

「ユージ、変わったね。初めて会ったときとは全然別人だよ」

ユージは、隼人のその言葉が嬉しかったようで、小刻みに足をばたつかせながら、動き始めた。ダンスのつもりらしい。そして一転、動きを止めると、隼人の顔を見て言った。

「隼人の方が変わった。初めて会ったときとは全然別人」

確かにその通りだ。隼人自身もそう思う。

「ユージのおかげだと思う。ありがとう」

隼人は心から素直にそう言って、右手を伸ばした。

ユージはその手を見つめると、右手のテニスボールを隼人の右手に重ねて握手をした。

ユージは二、三度右手を振ると、手を引っ込めてもとの直立スタイルに戻った。

隼人はユージを見つめた。

ユージには表情の変化がないから、感情を読み取ることはできないが、その沈黙が、隼人の心に暗い影を投げかけていた。嫌な予感がするのだ。

次の瞬間にユージの口から出てきた言葉は、

「そろそろ、ユージー、隼人とサヨウナラ」

だった。

隼人はその言葉だけで泣きそうになったが、グッと堪えて、言葉が発せられる状態になるまで待った。

「待ってよ、俺に愛を教えるために生まれたんだよね。それが目的だろ。俺は愛なんてまだわかんないよ」

隼人は本当は、

「もっと一緒にいてよ」

と言いたかったのだが、そうは言えなかった。

隼人の言葉に、ユージは反応しなかった。ユージはただ、隼人のことを見つめている。

「こうなったら、俺はいつまでたっても愛なんて学ばないようにするよ。そうするとユージは目的を果たすことができないから、いつまでも存在していられるんじゃないの？」

隼人のその言葉にもユージは無言で隼人を見つめ返すだけだった。

ユージの目が小刻みに回転しながら隼人にピントを合わせ続けているのがわかる。

無言のユージは、隼人に
「ワガママを言っちゃいけないよ」

と言っているようで、隼人は思わず目をそらした。

ユージの命を延ばすなんてことは、ロボット工学の初学本をどうにかこうにか読み進めているレベルの隼人にどうこうできるものではない。隼人には、「サヨウナラ」をどうすることもできない。

その事実がユージの反応からも伝わってくる。

隼人は力なく尋ねた。

「あと何日くらいあるの？」

「二日……」

「そんなに……少ないの……」

隼人は、残された日数のあまりの短さに絶句した。

思い出づくり

隼人はいつもより早く目が覚めた。

時計を見ると、まだ五時四十五分だったが、ベッドの横に座っているユージに、小さな声で、

「おはよう」

と声をかけると、ユージはいつものように、首だけを動かして、隼人の方を見た。

「おはよう、隼人。今日は早いね」

当たり前のことだが、ユージは寝ていない。

初めは気持ち悪いと感じたユージの動き方や、常に起きているという事実も、今では慣れてしまったからか、それとも、あと二日しか一緒にいられないと思うからか、何となく愛おしく思えてくる。

あと少ししか一緒にいられない友人と、どんな話をして、何をすればいいのか……。

考えるのだが、隼人にはいい案が浮かばない。

「ユージ、やることないから、一緒にテレビ見よっか……」

そう誘うと、ユージは心なしか嬉しそうに、いつもより素早く立ち上がると、

「一緒に何見る？」

と声を弾ませた。

ロボットに感情はあるのだろうか。隼人にはわからない。でも、表情の変わらないユージもその態度や声の質で、感情を表現しているようにも思える。それに、ユージは笑うようにもなった。そんなことから考えると何となく感情があるような気がしてしまうのだ。

もしそうなら、隼人がユージのことを、大切な存在だと思っているのと同じように、ユージにとっても自分と一緒に過ごす時間はとても嬉しい時間なんじゃないかと思った。

「こんな時間じゃ、面白いテレビなんてやってないから、サッカーのＤＶＤ見ようか」

ユージは二回うなずいた。

「隼人が好きなサッカー。ユージ―初めて見る」

隼人は苦笑いした。ユージの顔はサッカーボールでできているのに、そのユージがサッカーを見たことがないのだ。

リビングに移動した二人は、隼人が六年生のときに、真由美にねだって買ってもらった、世界のスターたちによる「スーパーゴール集」を見ることにした。

テレビについていたＤＶＤプレーヤーは、ユージの腰として使われているので、二人は、リビングに置いてあるパソコンを起動して、その画面で見始めた。

隼人は、好きなプレーを見ると、興奮気味に、今のプレーは何がすごいのかをユージに教えていった。

ユージはインターネットにアクセスして様々な情報を調べることができるので、本当は隼人が話していることなんて、すでに知っていることかもしれない。隼人もそのことはわかっていたが、そんなことはどうでもよかった。

ユージは、時折選手のプレーを真似るかのように足を動かしていたが、とてもサッカーができるような動きではなく、その動きがおかしくて、思わず隼人は笑ってしまった。

早朝から、隼人の笑い声と、ユージが激しく動く機械音が聞こえてきては、真由美もゆっくりと寝てはいられない。

「どうしたの。こんな朝っぱらから……」

そう言って、眠い目をこすりながら、リビングに出てきた。表情は笑っている。

「見て見て、母さん。ユージがサッカー見て興奮してる！」

「ホントね。ユージ何だか楽しそう」

真由美の声にユージがふり返った。

「隼人が好きなことをユージーに教えてくれたの初めて。ユージー、嬉しい」

その言葉を聞いて、真由美は嬉しそうに微笑んだ。

隼人も思わず笑顔になったが、時間がたつにつれて、少しずつ切なさが増した。

「嬉しい……んだ。そうだよね……」

やはり、ユージには感情があるのだ。

★

隼人は、いつもと同じように六時半に家を出て、学校に向かい、光永先生と学校の花壇に水やりをしてから、朝練に向かった。

光永先生からも、一緒に練習をした藤倉先輩からも、

「何かあったのか?」

と心配されたところをみると、自分ではいつもと変わらないように振る舞おうとしているのだが、上手く振る舞えていないということなのだろう。

部活の間中考えていたのは、ユージのことだった。

ユージは、隼人が好きなことを教えてくれて嬉しいと言った。

楽しそうに見えたり、嬉しそうに見えたり、悲しそうに見えたりするのは隼人の感情が勝手にそう見せているだけで、

「感情なんてある訳ない……」

と思い込んでいた。思い込もうとしていたと言った方がいいかもしれない。

ところが、ユージには感情があった。

いや、もしかしたらそれは感情じゃなくて、単純なアウトプット……つまり、こういうこと

があったら「嬉しい」と表現するんだよと、あらかじめプログラムされていたのかもしれないし、相手を喜ばせるための合理的な反応を学習しただけかもしれないのだが、それでも、「嬉しい」という言葉は、隼人の心に深く突き刺さった。

もし、ユージに感情があるのだとしたら、隼人はユージに申し訳ないことをしてきたかもしれない。そのことばかりが頭の中で渦巻いていた。

ユージを初めて見たとき、隼人は「気持ち悪い」「ガラクタロボット」と面と向かって言ってしまった。もし、ユージに感情があれば深く傷ついただろう。

それだけじゃない。「どっかに捨ててきて欲しい」とも言った。

そんな言葉を自分が目の前で言われたら一体どう思うだろうか。そう考えるだけで、自分はユージに対してとてつもなくひどいことをしてきたように思うのだ。

それだけじゃない。人に見られるのも恥ずかしいし、見られたら変人扱いされるだろうということを恐れて、家から一歩も外に出ないようにと命令した。

ユージの人生も、一人の人間と同じように、一回だけのもので、やり直しや、生まれ変わりとか、続きというものがない。しかも、ものすごく短いものだ。

自分さえもっとユージに対して優しい心を持っていたら、もしかしたら、もっと別の人生を過ごさせてあげることができたんじゃないか。「嬉しい」がたくさんある、そんな毎日にしてあげることだってできたんじゃないか。

それをできるのは自分しかいなかったのに、やらなかった。

そう考えると、隼人の心は痛んだ。

ユージは、サッカーのＤＶＤを隼人と一緒に見ただけで、「嬉しい」と言った。それだけのことで「嬉しい」と言ってくれるユージに対して、自分は何をやってきたんだろう……そう考えると、居たたまれなくなる。

隼人は沈んだ気持ちのまま、部活の練習を終えると、まっすぐ家に向かった。

自転車を漕ぎながら、脳裏に浮かんでくるのは、昨日ユージがしてくれたたとえ話だった。

「それって男として最低でしょ……」

自分が言った言葉だ。昨日の自分が、今日の自分を責めてくる。

部屋の扉を開くと、ユージはいつものように、静かに足を伸ばして座っていた。

「おかえり、隼人」

隼人は、悲しそうに微笑んだ。

ユージはその表情を読み取ったからか、それ以上何も言わずに、隼人をただ見つめていた。

隼人も、部屋の扉を入ったところでしばらく立ち尽くしていたが、やがて口を開いた。

「ユージ……今から、一緒に公園でサッカーしない？」

「ユージー、外出てもいいの？」

隼人は、口を真一文字に結んで、大きくうなずいた。

心の中では、

「今までゴメンな、ユージ」

と繰り返している。

ユージは、小刻みに足をジタバタさせると、興奮気味に早口で言った。

「ユージー、嬉しい。いつか隼人とサッカーやってみたかった」

隼人は、ウンウンとうなずくことしかできなかった。

鼻の奥ではツンとするものがこみ上げてきて、目には涙がたまってきた。

心の中では、

「ユージ、目的以外はしたいことないなんて言ってたのに、やりたいことあったんじゃん」

とユージに文句を言っていた。

★

円花は、自転車を走らせて今村公園に向かっていた。

昨日、隼人からもらった手紙は、計算式が並んでいて、最初は何のことかわからないまま読み進めていたが、最後に書いてあった、

「だから、三澤は世界中どこに行ってもデルピエロと一緒だって思えるんじゃないかな。デルピエロはいつでも、どこにいても三澤のそばにいるんだよ」

という言葉を読んで、もう一度最初から数式を追い直して、一つ一つを理解しようとした。

円花は、原子の数を考えることで、命を身近に感じることができることに、「優しさ」を感じて、涙が出そうになった。

考えてもみなかった発想だったが、隼人が書いてくれたように考えたら、目には見えないにしても、自分はいつもデルピエロに囲まれながら生きていると感じることができた。

今の円花は、そのことで気持ちが救われた。

昨夜のうちに、隼人に返事の手紙を書いた。

夜に書いた手紙は、朝起きてから読み返してみたら、ちょっと自分の恋心が透けて見えるような気がして恥ずかしくなったが、せっかく書いたものだからそのまま渡すことにした。

「今日、図書館来る？　渡したいものがあるんだ」

ＬＩＮＥでメッセージを送るとすぐに、

「ごめん。今日は行けない」

と一行だけの返事がきて、その直後に、

「暇なら、午後から今村公園にいるから来て」

と続きが送られてきた。

今村公園は、桜の木に囲まれていて春には花見客で賑わいを見せる。

真夏の今は、深い緑色の葉が周りを取り囲んでいて、たくさんの涼しげな木陰を作っている。

公園はだだっ広い広場だが、この炎天下だからか、遊んでいる人は少なく、円花が自転車を乗り入れると、隼人の姿をすぐに見つけることができた。

見た瞬間に円花が思ったことは、

「築山くんと一緒にサッカーしてる人は、どうしてロボットの着ぐるみを着てるの？」

ということだったが、遠くからしばらく眺めているうちに隼人が相手をしているロボットは着ぐるみではなく、本当のロボットにしか見えなくなってきた。円花はあまりの衝撃に言葉を失った。

「ユージ、もっとボールをよく見て蹴るんだよ」

笑いながら隼人はロボットにアドバイスをしている。

「ロボットに話しかけてる？」

その辺にあるものを組み合わせて作った感があふれ出ているそのロボットの見た目もインパクトが強かったが、そのロボットが動いてボールを蹴ろうとしていることに、大きな衝撃を受けた。でもそれ以上に衝撃だったのは、まるで親友か弟にサッカーを教えるように、そのロボットに話しかけている隼人の姿だった。

円花は公園の入り口に自転車を止めると、一歩ずつゆっくりと、隼人とそのロボットに近づいていった。

「いいぞ、ユージ。ナイスパス」

そう言いながら、今度は隼人がロボットに向かってボールを蹴って転がした。

ボールはコロコロと転がり、ロボットの足下に向かっていくが、それを止めようとして動かした足の下を、通り抜けて行った。

「ハハハ」

隼人は笑いながら、慌てて走り出し、ロボットの後ろに転がって行ったボールを自ら取りに行っている。

「惜しいなユージ。足の裏で止めるんじゃなくて、足にボールが当たる瞬間に力を緩めるんだけど……できるかな」

走りながら、そうアドバイスした隼人の言葉に対して、

「やってみる」

とそのロボットは声に出して反応した。

「キャッ！」

円花は思わず悲鳴に近い声を上げた。

「しゃべった……っていうか、会話してる。すごい！」

隼人は、その声でようやく円花がすぐそばまで来ていることに気づいた。

「おお、三澤！」

「おお、三澤だよ。っていうか、そのロボット何？」

円花は、あいさつもそこそこに隼人に聞いた。円花の視線は、ユージに釘付《くぎづ》けとなっている。

「こいつ？　俺の相棒、ユージっていうんだ」

「相棒？」

「そう。ユージ、こいつは三澤円花」

「こいつって……」

円花が、隼人に突っ込みを入れようと思った瞬間、

「コンニチハ、円花。僕、ユージーです。隼人の相棒」

そう言ってユージが手を差し出した。

円花は恐る恐る手を伸ばして、ユージの手を握った。グレーの排水管でできた腕の先についているテニスボールは、握ると中に骨となるようなものがあるのがわかる。

「ユージー。すごいね……会話できるの？」

円花は、恐る恐る尋ねた。

「できる」

ユージはそう言って、嬉しそうに小刻みに足を動かした。

「かわいい」

円花は思わず口にした。

「でも、熱そう……」

そう言って、ヘルメットのようになっている銅鍋の部分を見た。確かに、炎天下でサッカーをしていたので、ヤケドしそうなくらい熱くなっていそうだ。

「ちょっと休憩しようか」

隼人は、木陰を指さして言った。

円花は、持っていたハンドタオルを水で濡らすと、木陰に座ったユージの頭を拭いてやった。

音を立てて水が乾いていくのかと思ったが、案外頭は熱くなっていなかった。どうやら湿度調節機能までついているようだ。見た目以上に高性能らしい。

「ありがとう、円花。円花優しい」

ユージは、そう言って首から上だけを動かしてペコリと頭を下げた。

円花は思わずクスリと笑った。

「見た目はインパクトあるけど、動きがかわいいね」

隼人はうなずいた。

「どうしたの、このロボット」

「ある日、家に帰ったら部屋にいたんだよ」

「はぁ？　そんなことって……」

隼人は苦笑いした。

「ウソじゃない。まあ、要は、俺の父さんが作ったんだけどな。ほら、前に三澤がデルピエロを連れて散歩してたときに、俺と会っただろ。あの工場の中に、俺の父さんの『研究所』があるんだよ。今の時代に研究所だよ。『変人』だろ？」

円花は目を見開いて驚いた。同時に、あのとき隼人が手にしていた本を思い出した。確か、『ロボット工学入門』という本だ。どうしてそんな本を隼人が持っていたのかようやくわかった。

「変人なんてとんでもない。凄いじゃない」

「どうせなら、もっとかっこいい見た目にして欲しかったんだけどさ……」

隼人はそう言いながらユージを見つめた。

「今となっては、このユージじゃないと、ユージじゃないって思うようになっちゃった」

ユージは話が聞こえていないのか、ただ前方を見つめて座っている。

「何か、手作りって感じが余計に愛らしいよね」

円花もユージを見つめた。

隼人は、円花の言った「愛」という言葉に反応して、ユージを見る眼を細めた。

円花は、隼人の方に向き直ったが、次にしようと思っていた質問を思わず飲み込んだ。

ユージはいつからいるのか、何で動いているのか、何ができるのか、聞きたいことはいろいろあるのだが、隼人のユージを見つめる表情を見ると、そのどれも聞いてはいけないことのように感じるのだ。

円花が隼人の表情に感じたのは「哀しさ」だった。

その微妙な空気を感じ取った円花は、自分も、もう一度ユージを見た。

足を前に投げ出して座っているへんてこなロボットは、表情はないが、愛くるしい。

近くを通る人や、遠目にその存在に気づいた人は、

「何あれ？」

と得体の知れないものを見る目でユージのことを見ては、その答えが見つからず、通り過ぎたあともふり返って二度見している。

「何となく最近感じてたことだけど……簗山くん、変わったね」

隼人は、円花の言葉に遠い目をしたまま、口元だけで笑った。

「それって、ユージが来たから？」

「そうかな。あと、典明と藤倉先輩と浅井先生、それからぐっちゃんに、あとまあ、あれだよ……三澤のおかげでもあるかな」

隼人は、恥ずかしそうに視線を地面に落とし、目の前の草を引き抜きながら言った。

「そっか……」

円花は自分の名前が出てくるとは思っていなかったようで、どう反応していいかわからず、隼人と同じように、視線を地面に落として、目の前の草を引き抜いた。

「そうそう、私、簗山くんに渡したいものがあって……」

円花は、慌てて背中にしょっているナップザックを肩から外すと、紐《ひも》を解いて、中から手紙を取り出した。

「これ、昨日もらったお手紙の返事」

「お……おお。ありがとう」

隼人はどぎまぎしながらそれを受け取った。

「あの手紙、私……嬉しかった。いろんな意味で」

「いろんな意味で？」

円花はうなずいた。

「築山くんが説明してくれたように考えると、確かに、どこに行ってもデルピエロと一緒なんだって思えたんだ。実際には均一に地球上に広がっているかどうかなんてどうでもよかった。私がそう思えたってことが嬉しかった。でも、築山くんに説明されるまで、そんな風に考えたこともなかったから……だから、とっても救われたんだ」

隼人は、力なく首を横に振った。

「あれ、俺が考えたんじゃないよ。ユージが教えてくれた」

今度は、円花が力強く首を横に振った。

「そうかもしれないけど、それを手紙に書いて私に教えてくれようとしたのは、築山くんでしょ。それが嬉しかったってこと。そして、もう一つは……知識は使い方次第で、心を軽くしてくれるってことがわかったから」

「知識が……使い方次第で？」

隼人には、円花の言っていることがとても難しいことのような気がして、理解ができなかった。確かユージも同じようなことを言っていた気がする。それでも、喜んでもらえたのは確かなようだ。

「まあ喜んでもらえてよかった」

そう言いながらも、隼人の表情はどことなく沈んでいるように見えた。

「何か浮かないね。どうしたの？」

円花は、隼人の顔をのぞき込んだ。

隼人はため息を一つついて、遠い目をした。

「俺、ちょっとでもお前の気が晴れればと思って、あれを書いたんだけどさ。正直、お前の気持ちなんて全然わかってなかった。

そりゃあ、飼ってた犬が死んじゃったら哀しいだろうけどさ、そんな、何日も落ち込んだり、泣いたりするほどのことかって、思ってたんだ。ほら、三澤も言ってたろ、老犬だって。そしたら、何となく想像はできるじゃない、いつかはそんな日が来るんだって。なのに、その日が来たらあんなになって泣くって、それこそちょっと『弱い』んじゃないかと思ってたんだよ。

俺んちマンションだから、犬飼ったこともなかったし、それが、どれくらい哀しいことなのかっていうのがわかっていなかった。

だから、ああやって書いたのは、どちらかというと三澤のためというよりも、俺の点数稼ぎ的な感じっていうか」

円花は、隼人の言葉に少し驚いて目を見開いた。

自分の気持ちに寄り添ってくれていなかったというショックはほとんどなかった。それよりも、「自分の点数稼ぎだった」と正直に言える隼人が、ものすごく大人に見えた。

「でも、今はわかるようになった。自分の大切な相棒がいなくなるって、どんな気持ちなのか俺にもわかるようになった。何て言ったらいいんだろう。哀しいよな。でも、哀しいという言葉だけじゃあ説明できないんだよな。みんなこんなに哀しいのかな」

円花は、何かに気づいたようにハッとして、ユージを見つめた。

「ユージ?」

隼人はうなずいた。

「明日で、サヨウナラ。電池が切れたら、もう充電もできないし、元には戻らないようにできてるんだって。俺、どうしてもっと優しくしてやらなかったんだろう……どうしてもっと一杯遊んでやらなかったんだろうって……」

隼人は、急に涙がこぼれた。

円花は言葉を失って、ただ隼人のことを見つめることしかできなかった。

隼人はポロポロと流れる涙を、手でぬぐった。

「俺、ユージの見た目が、気持ち悪いとか言って、人に見られるのが嫌で、外に出るなって命令したり、こんな変なロボット作ってる父さんがいるって知られると、変人だと思われたり、自分まで変人扱いされるんじゃないかって思って……自分のことばっかり考えてたから、ユージに感情があることなんて知らなくって……」

隼人は、それ以上話すことができなくなってしまった。

うつむいたまま、涙を流す隼人を見て、円花の目にも、同じように涙がこみ上げてきた。

「私も一緒。簗山くん。デルピエロは、生まれたときからずっと一緒にいたから、いるのが当たり前で、散歩も面倒だと思ったことも何度もあったし、餌をあげたり、トイレの世話もやりたくないって思ったことも何度もあった。一緒に遊んであげる時間は、もっともっとたくさんあったのに、今思うと、どうしてそれをしてあげなかったんだろうって……そんなことばかり思ってるの。だから、私も……簗山くんと一緒なの」

そう言うと、円花の頬にも涙が伝った。

どちらも声を発することができなくなって、二人で並んでしばらく涙を流していた。

弱い風が、桜の葉をザァと揺らしたと思ったら、二人の目の前に、ユージが立っていた。

「隼人、円花。ユージーもう十分休んだ。またサッカーやろう」

ユージは、そう言いながら、ボールをちょこんと蹴って、隼人の方に転がした。

隼人は、それを手で受け取ると、しばらくボールを見つめていたが、手で涙をぬぐって、無理矢理笑顔を作って、ユージに顔を向けた。

「よし、やるか！」

ユージは、ウィーンという音をさせながらうなずくと、小刻みに足を動かして、嬉しそうにした。

「三澤も一緒にやる？」

隼人は立ち上がると、円花に手を伸ばした。

円花は、笑顔を作って一つ大きくうなずくと、隼人の手を握った。

隼人が、その手を思いっきり引っ張って、円花を立たせると、その勢いのまま二人は走り出した。ユージはそれを見て、二人のあとをついていこうと必死で足を動かしている。

「ユージ、ほら。早く来いよ」

隼人は、走りながら振り向いて、不器用に走るユージの姿を見た。

その姿を自分の目に焼き付けるように。

★

自転車のラッパホーンの音と何人かの笑い声が、遠くから近づいてくるのに最初に気がついたのは、ユージだった。

ユージが胴体を回してその音がする方向へ顔を向けたと同時に、隼人も円花もその音に気づいた。そして、何となく直感した。近づいてきているのは、将士に違いないと。

これだけ続くと、諦めや嫌悪といった感情以上に、驚きの方が強い。

将士は、先頭に立って、自転車を公園の中に進めると、すぐに隼人と円花の姿を見つけ出し、威嚇するようにラッパホーンを「パフパフ」と二回鳴らした。

後ろに従う四人も、口々に、

「隼人じゃん」

「また、三澤とデートしてるよ」

と囃したてながら近づいてきたが、いつもと違うのは、そこに角張った物体を見つけると、誰もがそれに目を奪われ、言葉を失うということだった。

「何だ、この物体？」

将士が、大声で言った。

「何だと思う?」

ユージは急に腰を旋回させて、将士の方を向くと、そう言った。

「わっ、しゃべった」

将士は驚いて、自転車ごと倒れそうになった。

「君は誰?」

ユージは続けざまに、将士に質問した。

「俺……ええと……野口将士」

将士は虚を衝《つ》かれて驚いたからか、素直に名乗った。

ユージは、右手を伸ばした。

「初めまして将士。ボクハユージー、よろしく」

将士は周りの様子をうかがいながら、引きつった笑顔を作って、ユージの手を握った。

将士は、壊れるほど強くその手を引っ張ってやろうとしたが、あることに気づき、自分の方に差し出されたユージの右腕をマジマジと見つめた。

「何だこいつ……気持ち悪いなぁ」

「ポンコツロボットと遊んでるって、お前の変人度合いも究極だな」

「これロボット? 見た目がメチャメチャダサくないか?」

取り巻きの連中がバカにしたような笑い声を上げたが、将士は無言でユージを見つめているだけだった。

「これ、隼人のロボットか？」

「え？……俺の相棒かな……」

何となくユージを、自分の所有物のように言うことに抵抗を感じて、そう答えた。

「隼人は、ユージーの大切な友人。将士も隼人の友達？」

ユージが首をかしげながら将士に質問をした。

「え？　ああ……まあ……」

将士は適当に返事をした。

「そう。じゃあ、将士もユージーの大切な友達。一緒にサッカーしてくれない？」

「はぁ？」

「ユージー、明日でサヨウナラ。みんなでサッカーしてる」

将士は、隼人を見た。

「そういう訳なんだよ。よかったら、一緒にやってくれないかな」

隼人がそう言った瞬間、ユージがボールを蹴った。

ボールはコロコロと転がって、将士の足下にピタリと止まった。

「何で俺が、ヘンテコなロボットとサッカーしなきゃいけないんだよ」

そう言いながらも、将士が蹴り返したボールは、優しく転がり、ユージの足下に収まった。

ユージは、そのボールを今度は隼人の方に蹴り出した。

そんなぎこちない感じでの始まりだったが、すぐに、隼人と円花、それに将士と将士が連れてきた四人、そしてユージの八人でのサッカーが始まった。

四人対四人のミニゲームは、隼人、円花、将士、ユージのチームがユージに何とかゴールを決めさせようとして、将士の友人四人のチームはそれを上手にサポートする敵役を演じていた。さしずめ、初めてボールを蹴った幼い子に、サッカーの楽しさを教えてあげるお父さんたちのような構図だ。

ユージが反応できるのは、かなり緩いボールが、自分の足下に転がってきたときだけだが、何とかみんなでそういう状況を作り出しユージがゴールを決めると、みんなでハイタッチをして盛り上がった。

隼人は、ユージの持っている不思議な力に、驚いていた。

ユージがいると、そこにいる人が、ドンドン仲良くなっていく。

あれほどいがみ合っていた将士まで、今は一緒になって、遊んでいるのだ。

日が暮れるまで続いたそのサッカーは、終わる頃には、誰もが汗だくのヘトヘトになっていた。ユージも、土埃《つちぼこり》まみれになっている。

足下に転がってきたボールを、ユージが空振りをして後逸したとき、誰もが、もうボールが見えない時間になっていることを認めて、誰からともなく帰ろうという雰囲気になった。

隼人は、自転車にまたがった将士に声をかけた。

「ぐっちゃん、ユージを見たときに、ひどいことを言わないでくれてありがとう」

隼人は将士に礼を言った。

「あいつあんな見た目だけど、結構高性能で感情があるから、ひどいこと言われると……」

「手足がさ……」

将士は隼人の言葉を途中で遮って話をした。

「排水管でできてるだろ。うちの親父、水道屋なんだよ。あの排水管、うちに一杯転がってんだよ。あんな風にロボットの手足に使うって発想があるなんて思わなかったからさ……ちょっと嬉しくなってさ……」

「そっか……」

隼人は、笑顔を見せた。

「ぐっちゃん。部活来いよ」

将士は、苦笑いをした。

「今更、行けねえだろ」

ユージは、右手を将士の方に向けて上げた。先ほどのゲームの途中に、将士に教わったグータッチだ。

「将士、サッカーのセンスある。パスの出し方も思いやりある。やらないのもったいない」

将士は戸惑いながら、拳をユージに合わせた。

「………」

将士は、そのまま何も言わずに、自転車で走り去ったが、隼人には、きっと部活に復活するんじゃないかと思えた。
円花は、その様子を少し離れたところで見つめていた。

MAYUMI　20XX/08/07　23:09
宛先:k_tsukiyama@XXXXXX
件名:本当の兄弟みたいに見える

幸ちゃん

今日は家に帰ったら、家中泥だらけでビックリ。
聞けば、隼人がユージを今村公園に連れていって
一緒にサッカーをしたんだって。

ユージを外に連れていったことに
驚いたんだけど、特に問題は起こらなかったみたいだから一安心。

隼人は、とても嬉しそうに話してくれたよ。
どうやら、一緒にサッカーをした子の中には、
一学期の終わりに、仲違《なかたが》いをした子たちもいたらしくて、ユージのおかげでその子たちとも仲良く遊べたみたい。

あなたは
ユージに感情はないはずだって
メールで言ってたけど、隼人とサッカーをしたことを
話してくれるユージを見たら、
そんなことは言えなくなるんじゃないかしら。
どう見ても、嬉しそうだもん。

そう見えるように動きを
プログラミングしてあるだけだよって
あなたなら言いそうだけどね。

あんなに嬉しそうに
隼人と話すユージを見たら
ユージがいなくなることを
受け入れられないのは、私かもしれないって思っちゃいます。

真由美

「アイ」の意味

隼人は、その日なかなか寝付くことができなかった。

ユージは、いつものようにベッドの向かい側で足を投げ出すように座って正面を見ていた。

隼人はユージの身体についた傷をぼんやりと眺めていた。

家に帰ってきてから、隼人はユージの身体についた土埃を丁寧に拭いてやったが、知らないうちに、全身には細かい傷がついていて、その傷は拭いてもとれなかった。

「結構傷ついちゃったね」

隼人は何気なく言った。

「そう考えると人間はすごいね。隼人もユージーと同じように小さな傷はいっぱい作ってる。でも、人間は寝ればそれが治る。内側から新しい皮膚が絶えず作られているから」

言われてみれば確かにそうだ。常に新しい皮膚が内側から作られているから、多少の傷ならいつの間にか治っていく。でも、ロボットは一度ついた傷は内側から治すことはできない。

ユージは、自分についた傷を気にする様子はなく、ただ嬉しそうにしながら、隼人に身体を拭いてもらっていた。表情は変わらないのに、その動きから、不思議と、ユージはそれが嬉しいんだろうということまでわかるようになった。

隼人は電気が消えた部屋で、横になったままでユージに話しかけた。

「ユージ、やっぱりどうしても明日でサヨウナラするしかないの？」

「しかない」

ユージは間髪をいれずに、答えた。

「そうか……」

隼人はため息交じりに返事をした。

「でもユージは、ロボットはある目的のために作られるって言ってたよね。その目的を果たすまでは止まっちゃいけないんじゃないの？」

「もう、目的を果たした……」

隼人は「ガバッ」と布団から起き出した。

「そんなことないだろ。だって、ユージは言ったじゃないか。俺に、愛を教えるために生まれたって……俺、前にも言ったけど、すでに愛を学んだとは思えないんだけど。まだまだ、愛なんてわからないことだらけだし……」

「そんなことない。隼人、もう十分『アイ』を知った。そうじゃなければ優しくなれない。でも、隼人はユージと出会った頃とは別人のように『優しさ』を身につけた。これ、『アイ』を知った証拠。

誰かの失敗を笑うこともなくなったし、誰かをバカにしたり、犠牲にしたりしてでも、面白ければいいって考えることもなくなった。自分さえ楽しければいいって考えなくなったのも、『アイ』を経験したから。それ、間違いない」

「俺、まったく実感ないよ」

「そんなはずない。きっと実感ある」

ユージの言葉に、納得できないまま、隼人はもう一度ベッドに身を横たえた。

どうやら、やはりユージを延命させるのは無理らしい。

そうなると、せめて最後の一日を、ユージにとっていい一日にしてやるしかない。

「電源が切れるのって、恐くないの？」

「恐い？　どうして？」

「だって、人間でいったら死ぬってことでしょ。感情があるなら、やっぱり恐くなっちゃうのかなぁと思って」

ユージは首を横に振った。

「目的を果たしたので、ロボットとしての役割を終える。ユージーにとって当たり前のこと。『恐い』という感情はない。ユージーがその感情を持つこと、危険。目的よりも自らの延命を考えるようになった人工知能は暴走してるってことを意味する」

「そっか……」

隼人は、暗闇の中に光る緑色の電源ライトをぼんやりと眺めながら言った。

「明日のいつ、電池が切れるか知ってるの？」

「上手にセーブして使えばお昼過ぎくらいまでは保つ……」

隼人は絶句した。何の根拠もないが、「あと一日」というのは、一日中だと思っていたのに、明日の正午までだとは……。

二人に残された時間が、あまりにも短いことに切なさがこみ上げてくる。

それ以上、何を話しても、涙が出そうになるので隼人は口を閉ざした。

★

昨夜はいつの間にか眠ってしまったらしい。

隼人は目を覚ますと、いつもの場所にユージがいないことに気づいて、ベッドから飛び起きた。部屋から出て、リビングへ行くと、ダイニングテーブルに真由美とユージが向かい合うように座っていた。

真由美は手にしたハンドタオルを使ってしきりに涙を拭いているように見えた。

「隼人、おはよう」

隼人が起きてきたことに気づいた真由美は、慌てて笑顔を作った。真由美の目は真っ赤だった。おそらく、ユージが真由美に今日でサヨウナラということを告げたのだろう。

これから仕事に行かなければいけない真由美がユージと話すチャンスは、この時間帯しかない。真由美はイスから立ち上がると、ユージの方に向かって歩いて行って、ユージのことを包み込むように抱きしめた。

「ユージ、ありがとうね」

そう言うと、また、真由美の目から涙がこぼれた。

「真由美、元気でね」

ユージのその声に、真由美は声にならずに、ただ、ウンウンとうなずいた。

隼人は、その光景を見ていられずに思わず目をそらした。

「さて」

真由美は、そう言ってユージから離れると、鼻を一つ大きくすすってから、

「朝ご飯用意するね」

と隼人の方に笑顔を向けた。

「うん」

そう一言だけ言って、隼人はテーブルに着いた。

「今日は、部活は？」

真由美は、気持ちを切り替えて、できるだけ明るい声で、いつものように隼人に話しかけようと頑張っている。

「今日は、休む……」

真由美は、

「そう」

と一言だけつぶやいた。隼人もユージと一緒にいられる最後の日だということを知っているのだろう。今日くらいは、最後まで一緒にいたいと考えるのは当たり前だ。

それほど、二人は……いや、隼人とユージは絆を深めたということだろう。そんな二人の関係を終わらせるのは、本当に残酷なことのように思えて、真由美は隼人から目をそらした。

「ユージ、一緒に散歩に行こうか」

隼人は、ユージに声をかけた。今日も天気がいい。最後の日くらいは、外に連れ出していろんなものを見せてやりたい。連れて行きたい場所もある。

「ユージー、隼人と散歩行く」

そう言うと、ユージはイスから立ち上がった。

隼人は苦笑いをした。

「ユージ、気が早いよ。俺まだ着替えてもないし、朝ご飯も食べていないんだよ」

★

ユージの歩く速さは遅い。

それだけじゃなく、一歩ずつ進むごとに、ガチャガチャとうるさい。

自然と人目を引く。もちろんそれだけが理由ではない。

誰だって、その辺に落ちていそうなものを組み合わせて作ったロボットが歩いていたら驚いて、目で追うだろう。

実際、すれ違う人はみんな驚いて、ユージのことを目で追った。

話しかけてくる人も多い。

「中に人が入ってんの？」

第一声は、ほとんどこうだ。

「違うんです。ロボットです」

最初のうちはそう返していたが、それでは話が長くなることがわかり、途中からは、

「学校の工作で作った着ぐるみです」

と答えるようにした。

隼人一人なら、二十分も歩けば着く道のりを、隼人とユージは二時間近くかけて歩いた。

途中、隼人は目に入るものをできる限りたくさんユージに説明した。

「あれがネコで、あっちがイヌ」

といった調子だ。

この世界のものを一つでも多くユージに見せてやりたかった。ユージはその一つ一つに、

「へえ、これがあの」

と納得したような反応を示した。そしてそのあとには必ず、

「じゃあ、あれは?」

と別のものに対する説明をせがんだ。

隼人は丁寧にすべての質問に対して答えてやった。

だいぶ長い散歩のあと、隼人が立ち止まったのを見て、ユージも立ち止まった。

「ここは?」

隼人が見つめている先を、ユージも見ながら尋ねた。

「この中に、父さんの研究所があるんだ。きっとユージはここで生まれたんだよ」

そう言うと、隼人は、工場の敷地に足を踏み入れた。ユージも隼人のあとに続いた。

研究所の入り口前で、もう一度立ち止まった。

「今から四年前、父さんはこの研究所を作った。そのときに、俺に、この前ユージが言ってくれたことと同じことを言ったんだ」

「同じこと?」

「自分の好きを、他の人の価値観に潰されるんじゃないぞ。人には好きなことを言わせておけ。そんなの、気にしたら負けだ……そう言ってくれた。そのときの父さんの顔は、とても輝いてて、俺何だか誇らしかった。だって、子どもの頃からの夢だった研究所を大人になってちゃんと作るなんて、そんな大人すごいって思ったんだ。でもそれが原因で、俺みんなから『変人』って言われるようになって、いつの間にか、こんなコトしたら、人にどう言われるかってことばっかり気にするようになっちゃった」

ユージは、隼人の方を見つめて、黙っていた。

隼人は、ユージの方に向き直った。

「俺、最後にちゃんとユージに謝ろうと思って、ここに来たんだ」

「謝る？」

隼人はうなずいた。

「そう。俺、本当に自分のことしか考えてなかった。初めてユージに会ったときのこと覚えてる？」

「もちろん記録されてる」

「だよね。あのとき、気持ち悪いって言ってゴメン。それから、どこかに捨ててきてって言ったのも……ホントにゴメン。ユージに感情があるなんて思わなかったんだ」

「大丈夫。気にしてないよ」

隼人は首を振った。

「ユージは気にしてなくても、俺は気にしてるんだ。だから最後まで言わせて」

隼人の頬には涙が伝った。

「俺は、ユージを誰かに見られたら、バカにされたり、いじめられたり、変な目で見られたりするんじゃないかと思って、それが嫌で、家から出るなって命令した。そんなことしなければ、ユージはもっとたくさんいろんな人と会って、いろんな経験をして、もっといろんな……」

隼人は涙をぬぐった。

「全部、俺が自分のことしか考えてなかったから、ユージのことを考えてなかったから。ゴメンよ。許して……」

ユージは黙って隼人のことを見つめたままだった。

「昨日、一緒にサッカーやってわかったんだ。そんなこと気にしてるの俺だけだって。みんなユージと一緒に遊んで楽しそうだった。それに、ユージも嬉しそうだった。俺、もっと早く、ユージにいろんなことさせてあげればよかった。

ユージは俺のために作られたって言ってたから、俺のためにどう使ってもいいと勝手に思い込んでた。ホントにゴメン。今更言っても遅いけど、もう一度、最初からやり直せるなら、俺、ユージをもっと大切にしたい」

ユージは、丸い手を泣きじゃくる隼人の肩にのせた。

「後悔は学びに変わるよ。隼人にはもう、その強さがある。だから遅くない。この経験があって、隼人はこれからは、自分にとって本当に大切なものを、本当に大切にする人になれる。そうやって人間は成長していく。隼人の成長の役に立てた。だからユージーは嫌じゃない。だって、ユージーはそのために作られた。生まれてきて、自分の役割を果たすことは人間にとって幸せなこと。ユージーも同じ」

「でも……」

隼人はユージの手に触れた。でも言葉が出てこなかった。

「それに……ずっと家にいたおかげで電池が節約できた。おかげで、隼人と一緒にいられる時間がウンと長くなったんだよ。悪いことばかりじゃない」

隼人は、更に涙があふれた。

「隼人。中に入ろう」

そう言うと、ユージは自分から歩みを進めて、幸一郎の研究所の中へと入っていった。隼人は涙をぬぐうと、ユージのあとに続いた。


ユージは電気をつけると、何やら様々な機械の電源を次々入れ始めた。まるで自分の生まれた場所の記憶があるかのように、その動きに迷いがない。

「ユージ、何してるの?」

「わからないけど、ここに来たらこれをするようにあらかじめプログラミングされていた」

そう言いながら、一通り電源を入れ終わると、スポットライトが当たっている作業台の上に移動していき、いつものように足を前に投げ出す格好で、ちょこんと座った。

電源を入れた機械の計器が、一斉に動き始めた。ユージから無線で出ている情報を受け取って、データとして保存しているのかもしれない。

「ユージの記憶が保存されてるの?」

「記憶というよりも記録。様々な情報が転送されてる。きっと、幸一郎の今後の研究に生かされる」

「その情報を、上手く使えばもう一度ユージに会えるかもしれないかな?」

隼人は聞いた。

「これは本みたいなもの」

「本？」

「そう。一人の人間が生まれてからそれまで出会ったすべてが詰まっているのが一冊の本。それは、その人がこの世からいなくなっても、次の世代の人の人生に影響を与えることができる。だから本はとても大切。でも、その人を生き返らせることの役には立たない。それと同じ。データは、次に新しいロボットを作るときに役に立つ。それはユージーの大切な役目の一つ。だから、ユージーにとっても嬉しいこと。でも、そのデータがあるからといってユージーは生き返らない」

「そんな……自分が犠牲になって、新しいもっといいロボットを作るってこと？　それでもいいの？」

「犠牲だとは思ってない。人間の親と同じ。ユージーの経験を生かして、次の世代はもっと役立つロボットが生まれる。

さっき、隼人は、もう一度やり直せるなら、もっとユージーのこと大事にしたいって言ってくれた。ユージー、それ聞いて嬉しかった。きっとこの先、幸一郎は別のロボットを作る。それはユージーではない。でもユージーの経験が生かされてできるユージーの子ども。だから、その新しいロボットのことを大事にしてくれることが、ユージーにはもっと嬉しいこと」

「だからって、自分の寿命がこんなに短くっていいの？　きっともっとたくさん楽しいこともできたし、もっとたくさん……」

「長さは……」

ユージは隼人の言葉を遮って話を続けた。

「……関係ない。人間の八十年だって、星の命に比べたら一瞬。デルピエロは十三年。ユージーにとっては二十六日。それぞれの命に長さがある。それを生き切ればいい。それをかわいそうとは言わない」

研究所内に並べられたディスプレイには、それぞれにゲージが表示されていて、それがドンドンたまっていっているのがわかる。まだ数%のものもあれば、ゲージが表示された瞬間に、あっという間に一〇〇%になってはまた別のゲージが表示される画面もある。一番大きなディスプレイに表示されているゲージが一番進みが遅い。

その画面に、

「転送終了予定時間：あと十八分」

と表示されているのが隼人の目に入った。

隼人は、最後の瞬間が近いことを何となく感じた。

「あと、十八分でサヨウナラってこと？」

隼人は画面を指さしながら聞いた。ユージは首を動かしてその画面を見た。

「そうだね。でも、悲しむ必要はないよ。ユージーはずっと隼人のソバニイル」

「え？　それって……」

隼人は、ユージは記録の転送が終わると、リセットされるだけでもう一度、出会いからやり直せるということなのかと思い、表情を明るくした。

ユージは、隼人のその期待を感じ取ったのか、首を横に振った。

「そうじゃない。ユージーの内部では燃料電池に繋がった水を電気分解して、発生した水素を燃焼させることで動力を生み出すシステムを使っているよ。他にも温度調節に気化熱を使っているから、そのためにも水は使われていたんだよ」

隼人は、昨日サッカーをしたときに、真夏の炎天下でも頭の上の銅鍋が焼けるように熱くなっていなかったことを思い出した。

「水が使われていたということは……」

ユージーの言葉に、隼人はあることに気づき、ハッとした。

「もしかして……」

ユージはうなずいた。

「最初ユージーの中には水があのときのコップ十杯分くらいあった。それがほとんどもうない。つまり……デルピエロと一緒。ユージーは、これからもいつも、隼人のソバニイルヨ……」

隼人は涙を流しながら一つ大きくうなずいた。

「そうか。そうだよね」

画面の表示はあと十二分になった。

ユージと話ができる時間があと少ししかないとわかっていても、気持ちばかりが焦ってしまい、何を話していいかがわからない。

隼人は、ただユージを見つめて涙を流していた。

言葉に詰まった隼人の代わりに、ユージが話した。

「ありがとう、隼人。ユージーは楽しかった。ホント。隼人に会えて幸せだった」

それは隼人の先生として、こういうときはこう言うんだよという、お手本を示しているような話し方だった。

隼人は、首を横に振った。

「俺の方こそ、ユージに出会えてよかった。ありがとう。もしユージに出会えてなかったら、俺弱くて、何からも逃げて、それでも逃げてるなんて気づいていない、かっこ悪い奴のままだった。それに、「愛」についても、わからないまま人が傷つくことを平気でしていたと思う……」

「そうそう……それについて、隼人に話をしなきゃいけないことある」

「ん?」

「『アイ』について。ユージー、隼人にアイを伝えるために生まれたと言ったね。覚えてる?」

「もちろん」

隼人は強くうなずいた。

「ユージー、最近わかったことある。隼人が『アイ』について話をするとき、これについて話をしていたんだね」

ユージはそう言うと、胴体を隼人の方に向けて、胸のタブレットを見せた。

そこには、漢字で「愛」と書かれていた。

「そうだけど……なんで？」

「ユージー、違う意味だった」

「え！」

隼人は驚きの声を上げた。

「じゃあ、『アイ』って、どんな意味だったの？」

「………」

ユージは返事をしないで、隼人のことを見つめた。メインディスプレイの残り時間表示が五分を切った。隼人は焦った。

「ユージ！　何か言ってよ」

ユージは一呼吸置いてから話を続けた。

「……それは……このあとすぐわかる。でも安心して。隼人はユージーが伝えようとした『アイ』を知ったから、優しくなって、強くなって、大きく成長した。だから目の前に日々やってくる困難に対しても、逃げたり、愚痴を言ったり、投げやりになったりするわけではなく、ちゃんと自分の中で処理をして、前向きに乗り越えようとする人になれた。それって、すごいことだよ」

「全部、ユージのおかげだから……」

「そんなことない。きっと隼人はすごく大きな役割を持って、たくさんの人を幸せにする人生を送る人。それを見られないのは残念だけど、大丈夫。ユージーにはわかる。そしてそうなるための総仕上げ。ユージーがいなくなることでしか学べない『アイ』を知って、隼人はもっと優しく、強くなる。それがユージーの一番の使命」

「俺は……俺は……ユージに見て欲しいよ」

ユージは、隼人の最後のワガママを振り切るように無視をして、話を続けた。メインディスプレイを残して、他のモニターのゲージはすべて一〇〇%を示していた。もう時間がない。

「隼人、忘れないで。人間は生まれる環境も一人ひとり違えば、出会う困難も一人ひとり違う。これからも、たくさんの困難に出会う。でもそれは乗り越えるべき壁。苦しいときは……」

「その困難と出会わなければ手に入らなかった未来を想像する……でしょ。大丈夫。ちゃんと学んだし覚えてるよ」

ユージは首だけを使ってうなずいた。自分の伝えたかったことはすべて隼人に伝わっているということに対する満足を意味するうなずきに見えた。

隼人もそれを見てうなずいた。

そんなはずはないのに、ユージが笑っているように見えた。

残り時間の表示が「あと一分」になり、「59、58、57……」とカウントダウンが始まった。

隼人はユージから目をそらすことができず、ただ見つめていた。

涙があふれる。

「サヨウナラ……隼人。ありがとう」

ユージが優しく言った。

隼人は、言葉を発することができなかった。

「もう一度言うね。ユージーずっと……ソバニイルヨ……」

ずっと止まることがなかったファンの音が消えた。

「ユージ」

隼人は声をかけてみたが、ユージは反応しなかった。

隼人はしゃくり上げて泣いた。


数秒後、ユージの方から微かな機械音がした。

隼人は顔を上げた。ユージと出会ってから、一度も開くことがなかった腰のDVDレコーダーのトレイが開いていた。

一歩、また一歩と、作業台の上で真上からスポットライトで照らされたまま動かなくなったユージに、隼人は歩み寄った。

ユージのすぐそばまで来ると、隼人は、トレイの中のDVDを見た。

「『哀』を知り『優しさ』を手に入れるまでの記録」

と書かれている。あらかじめセットしておいたのだろう、筆跡は見慣れた幸一郎のものだった。

隼人はゆっくりと手を伸ばして、そのディスクを手に取った。

「あいをしり、やさしさをてにいれるまでのきろく……」

そこに書いてある文字を、声に出して読んで、隼人はハッとした。

「『アイ』は哀しみのことだったのか……」

ユージが最初に言った言葉が脳裏に浮かんだ。


「ボクハ、キミニアウタメニ、ウマレタカラ」

「なんで、俺に会う必要があるの？」

「……『哀』ヲ……ツタエル……タメ」


初めて出会ったときから、隼人とユージは、今のこの「哀しみの瞬間」に向かって二人で時間をともにしてきたことになる。

そう、確かにユージは「アイ」という言葉を何度も口にした。

そのたびに、隼人は頭の中で「愛」と勝手に変換していた。

自分では、ユージが伝えたかった「愛」というのは、円花のことが好きだという自分の気持ちに気づいたことなのか、それとも、ユージをはじめとする周りの人に対して抱《いだ》き始めた感情を「愛」というのか、ずっと考えていた。

でも、「アイ」が喜怒哀楽の「哀」なら、確かに知った。

そして、この哀しみを経験することで、同じ哀しみを経験した人の心に寄り添うことができるようになり、優しくなれた。

隼人は、今になってようやく、ユージが作られた本当の目的がわかった。

「どうして、気づいてやれなかったのか……」

隼人は、もう一歩近づいて、朝、真由美がしていたように、ユージのことを包み込むように抱きしめた。

様々な感情が隼人の胸に何度も押し寄せてくるが、言葉でどう表現していいのかわからない。

「ゴメンね、ユージ。ありがとう」

隼人はしばらく動けず、その場で泣き崩れていた。

涙はいつまでも止まらなかった。

動かなくなったユージは、いつものように足を投げ出して前を向いたまま座っていた。

MAYUMI　20XX/08/08　23:37
宛先:k_tsukiyama@XXXXXX
件名:ユージが止まりました

幸ちゃん

今朝、ユージが
「真由美、今までありがとう。お世話になりました。サヨウナラ」
とあいさつをしてくれたよ。
私は涙が止まらなかった。
それから、私は仕事に行ったから、その後の詳しいことはわからないけど
隼人が、ユージを研究所まで連れていってくれて、そこで電池が切れたみたい。

私が家に帰ってきたとき
隼人が、
「おかえり、母さん。お腹空いちゃったよ」
といつもよりも明るい声で言ったの。
顔は笑顔だったけど、泣きはらした目をしていたから
きっと、気丈に振る舞っているんだと思う。

私は、今も涙が止まらないよ。

ユージは本当にたくさんのことを隼人に教えてくれて、
隼人を大きく成長させてくれて、その役目を終えて、今休んでいます。

何て言ったらいいんだろう。
いろんな感情が渦巻いていて
整理するのが難しいけど

でも、まず言わなきゃいけない言葉があるとすれば
「ありがとう、ユージ」
だと思う。

幸ちゃんが帰ってくるのは2ヶ月ほど先だろうけど
そのときまでには、きっと私も隼人も落ち着いてるかな?

そうできるように頑張るね。

真由美

幸一郎、帰宅

「ただいま」

玄関から聞こえてくる幸一郎の声を聞いて、真由美はソファから飛び上がるようにして立ち上がると、リビングから廊下に出た。自然と顔が明るくなる。

「おかえり」

幸一郎は、大きなスーツケースを転がしながら、そのスーツケースと同じくらいの大きさほどもある紙袋を抱えていた。

「向こうから送らなかったの？」

「大抵の荷物は送ったんだけど、お土産だけは、届くのが遅くなると嫌だから」

真由美は、紙袋を受け取って、幸一郎が靴を脱ぐのを嬉しそうに見ている。ズシリと重いのは、きっと真由美に買ってきてくれたワインが入っているからだろう。

幸一郎は、靴を脱いで廊下に上がると、視線を左の扉に向けた。隼人の部屋だ。

真由美は首を振った。

「いないわよ」

「どこに行ったの？」

「野口くんとサッカーしに行くってボール持って出ていったけど」

幸一郎は微笑んだ。

「相変わらずサッカー三昧か」

「それが、そうでもないのよ。暇さえあればスマホを片手にゴロゴロしてたあの子が、何だか人が変わったみたいに、活動的になって。……学校も好きみたいだし、いつも教頭先生と花壇の水やりをしているみたいよ」

「へえ……」

幸一郎は、嬉しそうに眼を細めながら言った。

「それに、勉強ができるようになりたいから、塾に行かせてくれって自分から言い出したのよ。今は、典明くんの塾を紹介してもらって通ってるわ。今日も、そのまま塾に行くって言ってたから、帰りが遅いと思うよ」

「へえ……ちゃんと行ってる？」

真由美は、うなずいた。

「結構真面目に行ってるみたい。塾の先生も『頑張ってますよ』って言ってくれてたし、最近『勉強楽しくなってきた』って言ってるから。あの隼人がよ」

「ほう……」

幸一郎は、スーツケースを転がして、真由美のあとについてリビングに入った。

「で？……あれから大丈夫？」

真由美は、幸一郎が気になっていることが何かはよくわかっている。もちろん、ユージのことだ。ユージと出会うことで、隼人が変わるだろうということは、幸一郎もある程度は予想していた。でも、ユージと別れなければならないことで、その後、隼人がどうなるのかについては、一抹の不安もあった。

自分にとって大事な友人の命を奪うようにプログラムしていた父に対する怒りが、変な方向に現れなければいいが……という心配だ。そのことばかりが気がかりだった。

真由美は一通の手紙を差し出した。

「何？」

真由美は嬉しそうに微笑んだ。

「隼人から……」

「隼人が？」

「そう。まあ、直接会って話をするのが恥ずかしいんでしょ。隼人にとってユージはとても大切な存在になってしまっていたから、今でもどう処理していいのかわかってないみたいだけど、でも、あの子なりに解釈して、乗り越えようとしているわ。なんだかんだ言って、あなたにも感謝してるってことをこの前、ポロッと言ってたし」

「そうか……」

幸一郎は少し安心して、封筒を開けた。

中身が気になる。着替えもしないでその場に立ったままその手紙を読み始めた。

★

お父さん

おかえりなさい。
お仕事おつかれさま。
出発する前に、ユージを作ってくれて
ありがとう。

ユージは研究所にいます。

最初、ユージが充電できるように
しといてくれなかったお父さんのことを
とてもうらみました。
自分が勉強して、大人になったら

ユージをもう一回起動して
また一緒に楽しい毎日を過ごしたい
とも思いました。

でも今は、ユージも言ってたけど
そうじゃない方がいいのかもとも
思うようになりました。

ずっとユージがいたら
ユージに頼りっきりになってたと思うし
何度も充電できたら
いつまでも大切なことを学べなかったかもしれないし。

だから愚痴を言うのはやめて
むしろこれでよかったんだと思うようにしています。

僕は、お父さんに感謝しています。
お父さんがユージを作ってくれたおかげで

大事なことをたくさん学びました。
ユージはもう戻ってこないけど
僕は、ユージの分も、由志の分も生きようと思います。

ありがとう

隼人

★

この三ヶ月、一人葛藤しながら、この瞬間を迎えた幸一郎は、隼人に救われた思いだった。

ユージは自分のこれまでの研究成果のすべてをかけて作ったＡＩだった。それだけに、作っている間はワクワクして仕方なかったのだが、最後の最後まで充電できるようにするのか、それとも寿命を決めるのかということで悩み抜いた。

結局、最初に決めていた通り、電池が切れるまでの寿命ということで完成したのだが、そのことが自分の中でずっと引っかかっていたのだ。寿命を決める……それは神の領域のような気がする。正解など誰にもわからない。

「果たしてあれでよかったのだろうか」

真由美から送られてくるメールを読みながら一人、自問自答を繰り返し、苦しみ抜いた三ヶ月だった。

それがたった一通の手紙で救われた。隼人の手紙を読んで、やはりそれでよかったのだと思うことができた。お礼を言いたいのは幸一郎の方だった。

幸一郎は、手紙を閉じると頰を伝う涙をぬぐった。

「隼人はＤＶＤを見てる？」

「ＤＶＤ？　何の？」

真由美は、幸一郎が手紙を読んでいる間に、寝室から、幸一郎の着替えを持ってきている。

「ユージに電源が入ってから、電源が切れるまで、ユージが見た世界を録画して記録したＤＶＤがあるはずなんだけど……」

「そうなの？　私に何も言わないってことは隼人が自分で持ってるんでしょうね。でも、見ている様子はないと思うけど……」

「そうか」

幸一郎は満足げにうなずいた。

「きっと、今は見返す必要がないんだね」

隼人は、ユージがいなくなったさみしさから、何度もそれを見返しているかと思っていたが、それをしていないということは、思い出に浸るよりも、前を向いて歩いていこうとしているのだろう。ほんの数ヶ月見ない間に、思った以上に成長しているわが子を誇らしく思い、早く会いたくなった。でもその前に、隼人をそう変えてくれた張本人にお礼を言わなければならないだろう。

「今から、ちょっと研究所に行ってくるよ。ユージに会いに……」

「え？　ユージは本当は動くの？」

幸一郎は首を振った。

「残念ながら、動かないよ。動かないユージに会いに行くんだよ」

真由美は残念そうな表情をした。

「もっと長生きさせてあげてもよかったんじゃないかって思っちゃう」

幸一郎はさみしそうに微笑んでから、首を横に振った。

「学習型の人工知能は、目的達成のために最も合理的な答えを導き出すようにプログラミングされている分、やはり研究と使用は、慎重にしなければならないからね。まずは二週間で試してみたんだ。実際には、思った以上に電池を節約したみたいだから二十日以上保ったけどね」

「合理的じゃダメなの？」

「例えば、ある国が人工知能を政治に導入するとするよね。その国が安定して繁栄する最も合理的な方法が、地球の裏側のある国にミサイルを撃ち込むことで、それをしなければ、数十年間、国民は不幸のどん底であえぐなんて結論を出したらどうする？」

「恐い……そんなことって」

「ないとは言えない。だから慎重にね」

「でも、ユージは本当に、よくできたロボットだったわ。事実、隼人はユージに出会ってから、優しくなったし、強くもなったし、あまり愚痴も言わなくなったのよ。前までは、家で勉強するたびに『何で、こんなことやらなきゃいけないんだよ』とか『誰が、こんなのやるって決めたんだよ』って二分に一回はわめき散らしてたのに、今は、どうせやるなら、『最低ここまで』ってラインを超えたところまではやりたいって、ご飯の時間になってもなかなかやめないのよ」

　幸一郎は微笑んだ。

「そうか。じゃあ、ユージは上手く働いたんだね。でも、それを違う方法でできたんじゃないかって、ちょっと反省したんだよ。ロボットじゃなくて……。今度はそれを試してみたいかな。まあ、何にせよ、研究所でデータ収集からだ」

「それにしても、どうして『哀しみ』を教えるロボットが必要だって思ったの？」

「真由美がする、隼人の話を聞いていたら、誰かの心に寄り添ったり、相手の立場に立って考えてみたりということが、まだできていないんじゃないかと思ったからだよ。でも、誰かの哀しみに寄り添うことなんて、僕たち大人だってできてるかどうかわからないほど難しいことだろ。でも、年齢とともに、少しずつそういうことができるようになっていくのは、自分も同じ哀しみを経験したことがあるからじゃないかと思ってね。大切な人との別れとかね」

そう説明しながら、幸一郎は着替えを始めている。

「でも、心配していた夏休みを終えて、隼人は大きく成長したみたいだね」

幸一郎は、新しいシャツに袖を通しながら言った。

「それが、聞いてくれる？　大変なのよ……」

幸一郎は微笑んだ。真由美のいつもの言い方に、何だかようやくわが家に帰ってきた気がして、思わず笑顔になった。

「どうしたの？」

いつものように、真由美が話しやすいように、合いの手を入れた。

「どうも、隼人に彼女ができたらしいのよ」

「へえ……」

真由美は、続きを話そうとして口をつぐんだ。幸一郎は今すぐにでも研究所に行きたいという顔をしている。

「でも……その話は、あなたが研究所から帰ってきたらゆっくり聞いてもらうわ」

「そうなりそうだね。でも今日はチョット帰りが遅くなると思うよ」

「じゃあ、あとからおにぎりか何か持っていこうか？」

「いや、いらない。っていうか、少しだけユージと二人っきりで過ごしたい……かな」

真由美は幸一郎の顔を見た。

「そっか、そうだよね……」

真由美は、幸一郎の潤んだ瞳を見てそう言った。

実はユージを失って一番哀しい思いをしているのは、目の前の幸一郎なのかもしれないということにそのとき初めて気づいた。きっとユージは、幸一郎にとってこれまでの人生を凝縮した、文字通り「すべて」と言っていいだろうから。

「ゆっくりしてきて……」

真由美の言葉に、幸一郎は無言でうなずいた。

「そうだね、まずはありがとうってしっかり抱きしめてやらなきゃね」

幸一郎のその言葉に、真由美は、またユージのことを思い出し涙が止まらなくなった。

終

カバー・本文デザイン　山田満明
カバー作品　所正泰
カバー作品撮影　丸山涼子

〈著者紹介〉
喜多川泰　1970年生まれ。愛媛県西条市出身。98年、横浜市に学習塾「聡明舎」を創立。人間的成長を重視した、まったく新しい学習塾として地域で話題となる。2005年に作家としての活動を開始。その独特の世界観は多くの人々に愛されている。『「また、必ず会おう」と誰もが言った。』(13年に映画化)、『賢者の書』『君と会えたから……』『株式会社タイムカプセル社』『書斎の鍵』『心晴日和』など著書多数。また、多くの作品が、中国、韓国、台湾、ベトナムでも翻訳出版されている。

本書は書き下ろしです。

ソバニイルヨ
2017年12月20日　第1刷発行
2018年1月31日　第2刷発行

著　者　喜多川泰
発行者　見城 徹

発行所　株式会社 幻冬舎
〒151-0051 東京都渋谷区千駄ヶ谷4-9-7

電話:03(5411)6211(編集)
03(5411)6222(営業)
振替:00120-8-767643
印刷・製本所:株式会社 光邦

検印廃止

Printed in Japan
ISBN978-4-344-03226-2 C0093
幻冬舎ホームページアドレス　http://www.gentosha.co.jp/

この本に関するご意見・ご感想をメールでお寄せいただく場合は、comment@gentosha.co.jpまで。